ストラングラー

死刑囚の逆転

佐藤青南

ハルキ文庫

JN122590

角川春樹事務所

目次

ストラングラー

死刑囚の逆転

第一章

1

ノブを引いた瞬間、有吉康晃《ありよしやすあき》は言葉を失った。

「どうしました」

背後からの声で我に返る。

振り返ると、相棒の久慈栄喜《くじはるき》がいつもの無感情な目で見下ろしていた。邪魔だから早く行け、という感じで顎《あご》をしゃくってくる。

有吉は狭い玄関から部屋に上がり込んだ。靴カバーを装着しているので、靴を脱ぐ必要はない。

単身者向けの狭いワンルームだった。家具らしい家具はなく、部屋の隅にマットレスが直接敷かれている。隣の建物との距離が近く、もともと日当たりは悪そうだが、カーテンレールにハンガーで吊《つる》された衣類がさらに日光を遮っていた。そのため、午前中なのに薄暗い。

かちり、と音がして照明が点《つ》いた。久慈が玄関扉横のスイッチを弾《はじ》いたようだ。

「まるで武蔵新田《むさしにつた》の現場ですね」

身も蓋《ふた》もない物言いしやがる。有吉は顔を歪《ゆが》めた。

ともあれ、相棒も同じ印象を抱いたらしい。

四日前の夜、武蔵新田のアパートで風俗嬢が絞殺された。現場は住人のいない空き部屋で、がらんとした六畳間に犯人が運び込んだと思《おぼ》しきマットレスだけが置かれていた。この部屋の扉を開いた瞬間、あの現場によく似ていると感じたのだった。

まさか。いくらなんでも、それは……。

大きな目をぎゅっと瞑《つぶ》って最悪の想定を振り払おうとしたのに、例のごとく相棒には遠慮も躊躇《ちゅうちょ》もない。

「ストラングラーは、簑島《みのしま》だったのかもしれません」

「いくらおまえでも、言っていいことと悪いことがあるぞ」

声を低くしたが、脅しが通用しない相手なのもわかっていた。

「悪いことを言ったつもりはありません。いまの簑島の立場は、指名手配された殺人犯です。余罪の可能性を考慮するのは当然です。彼がストラングラーであっても、まったくおかしくない」

相棒の話を聞くうち、不安がむくむくと湧《わ》き上がった。

「やつはストラングラーだろうか」

「それをこれから調べます」

無愛想に言って、久慈がマットレスに歩み寄る。マットレスの枕もとには、雑誌や本が積み重ねてあった。本のタイトルや週刊誌の見出しから、ここ一年の間に発生した風俗嬢連続殺人――通称ストラングラー事件と、十四年前の同様の連続殺人――明石陽一郎《あかしよういちろう》によるオリジナル・ストラングラー事件を取り扱ったものばかりだとわかる。

久慈は積み重ねられた山から週刊誌を一冊手に取り、パラパラとめくった。

「病的な執着ですね。酒もたしなむ程度で飲み会に誘われても参加せず、女の影もいっさいない。この部屋の様子を見る限りでは、ギャンブルなどにハマっていた事実もなさそうです。なにが楽しくて生きているのか」

いや、と、久慈が顔を上げる。

「これ自体が楽しいのかもしれません。これが彼にとっての生きがいであり、もしかしたら娯楽になっているのでは」

そう言って週刊誌を本の山に戻した。

焦りがこみ上げてきた。久慈は他人事《ひとごと》のように言うが、有吉たちも簑島に協力した以上、当事者だ。つい弁解口調になる。

「楽しくてやってるわけじゃない。簑島は恋人を明石に殺されたと、十四年間信じ続けてきた。その明石が犯人でない可能性が浮上したんだ。だからストラングラーが十四年前の連続殺人の犯人だと考えて、真相を突き止めようと躍起になっている。執着するのは当然じゃないか」

久慈が立ち上がり、生活の匂《にお》いがしない部屋を見回した。

「恋人を殺された境遇には同情しますが、もう十四年も前の話です。普通は十四年もすれば、どんな傷だって塞《ふさ》がります。傷痕《きずあと》は残るだろうし、ときどき痛みはするかもしれませんが、のたうちまわるほどの痛みではない。そんな痛みが続けば人は正気を保っていられないし、最悪、命を落とします。だから忘れる。忘却は自己防衛のための本能です。それなのに、この部屋の様子はどうですか」

両手を広げる相棒に促され、有吉は部屋じゅうに視線を巡らせた。久慈の言いたいことはよくわかる。事件の捜査以外への欲望を捨て去った、修行僧のような部屋。これは禁欲の象徴なのだろうか。

それとも事件そのものが、欲望の対象。

そんなふうに考えてしまうほど、この部屋は異様だった。

元恋人の無念を晴らすために人生を捧《ささ》げた刑事というより、犯人の部屋と言われたほうがしっくりくる。簑島朗《あきら》という人間が、まともな精神状態だったとは思えない。

有吉は無意識に舌打ちしていた。

「やつがストラングラーだったら、まずいことになる……よな?」

「簑島の不審な動きに気づいていながら、上に報告しなかったわけですからね。その結果、新たな二人の犠牲者が生まれました」

四日前に武蔵新田のアパートで殺害された福村乙葉《ふくむらおとは》。昨夜、川崎《かわさき》の銀柳街《ぎんりゅうがい》で殺害された葛城陸《かつらぎりく》。とくに葛城にかんしては、北馬込《きたまごめ》署の刑事である矢吹加奈子《やぶきかなこ》が殺害の瞬間を目撃しているので、簑島の犯行なのは間違いない。殴る蹴《け》るの激しい暴行を加えた末に、落ちていた鉄パイプで胸部を刺し貫くという凄惨《せいさん》な犯行だった。

「でも葛城は……」

「殺されてしかるべき人物だったと?」

蛇を思わせる温度の低い視線がこちらを向いて、有吉は息を呑《の》んだ。

乾いた唇を舌で潤し、懸命に反論する。

「久慈。おまえだって本当はそう思っているんだろう」

「日本は法治国家です。法を無視して感情を優先するわけにはいきませんし、なにより私たち自身が、法の番人たる警察官です」

「ならおれたちは……」

「謹慎で済めば御の字ですが、たとえ失職しなかったとしても、針のむしろでしょうね」

想像するだけで苦しくなる。殺人鬼に手を貸して新たな犠牲者を生み出したというレッテルを貼《は》られ、閑職に追いやられ、周囲からの白い目に耐えながら定年まで勤め上げることができるだろうか。久慈なら可能かもしれないが、自分には無理だ。

「簑島はストラングラーじゃない。そんなわけがない」

もはや推理ではなく、願望だった。

有吉を一瞥《いちべつ》し、久慈がマットレスに視線を落とす。

「それならその血は、なんでしょうね」

全身がびくっと震えた。

久慈の視線を辿《たど》ってみると、たしかにマットレスの一部が黒く汚れていた。

「嘘《うそ》、だろ……」

嘘であって欲しかった。だが有吉も、長年凶悪事件捜査の最前線に立ってきた刑事だ。その汚れがどういった性質のものなのか、すぐにわかった。

2

会議室の扉が開くや、矢吹加奈子は椅子《いす》から腰を浮かせた。

入室してきたのは、髪を短く刈った男の刑事だった。古内《ふるうち》という名前で、年ごろは加奈子と同じかせいぜい少し上ぐらいなので、捜査一課では下っ端だろう。

「なにかわかったんですか」

加奈子の勢いに気圧《けお》された様子で、古内は加奈子の斜め向かいの席に陣取る赤ら顔の先輩刑事をうかがった。彼は野田《のだ》という名前だった。関係者とはいえ、担当外の所轄の刑事に、情報を漏らしていいものか迷っているようだ。

野田が頷《うなず》いたのを受けて、古内がこちらを向いた。

「簑島さんの部屋のマットレスに、血液が付着していたそうです」

驚きのあまり、反応が遅れる。

「それって、どういう……」

加奈子は野田を見るが、答えは返ってこない。

古内が続けた。

「あと、彼の部屋から、ストラングラーとオリジナル・ストラングラーの記事が載った雑誌や書籍が大量に見つかった、と」

ストラングラー逮捕に心血を注いでいるのだから、それは当然じゃないか。

一瞬そう思ったが、二人の捜査一課員が違う解釈をしているのに気づいた。

「簑島さんはストラングラーじゃありません！」

机を叩《たた》いて立ち上がる女性刑事の剣幕に、古内がぎょっとして身を引く。

野田は動じなかった。

「なぜそう言い切れる？」

絶句する加奈子に、ベテラン刑事が畳みかけてくる。

「そこまで強く言い切るからには、明確な根拠があるのか。一連の殺人が起こったとき、一緒にいた……とか」

含みのある言い方だった。

捜査一課の簑島と、所轄の刑事課員である加奈子がよく行動をともにするのを、男女の関係だと誤解する同僚も少なくなかった。誤解されているうちはそれ以上踏み込まれることもないので、あえて放置した部分もある。

加奈子は大きくかぶりを振った。

「違います。私と簑島さんは、そういう関係ではありません」

「ならどうして断言できる」

「簑島さんは、かつて恋人を殺されています」

「久保真生子《くぼまおこ》さんだな。明石陽一郎……あまりこの呼び方は好きではないが、オリジナル・ストラングラーの最後の犠牲者」

「そうです」

「恋人を殺された過去があるのは、簑島が人を殺さない理由にはならない。そもそもおまえ自身が、簑島が人を殺す瞬間を目撃している」

たしかにこの眼《め》で見た。だが振り返ってみても、あまりに現実味が薄い。あの光景は、幻だったのかもしれないと思えるほどに。

しかし紛れもない現実だった。川崎駅近くの繁華街に設置された街灯防犯カメラにも、赤みがかった髪をした若い男を路地裏に引きずり込み、その後逃走する場面が捉《とら》えられている。一部はマスコミに公開され、ニュース番組でも繰り返し流されていた。

「もう一度、状況を確認させてもらうぞ」

野田が手もとの捜査資料を引き寄せる。

「事件当日、おまえは清水早希《しみずさき》から電話をもらい、簑島とともに彼女のアパートに向かった。清水早希は、当時おまえたちが捜査していた事件の参考人である葛城陸に薬を飲まされ、強姦《ごうかん》されていた。皮肉なことに、葛城陸にとっては清水早希を強姦した事実が、殺人事件のアリバイになった。だが清水は強姦とは言わず、合意のもとで朝まで一緒に過ごしていたと証言した」

野田がつまらなそうに頬杖《ほおづえ》をつく。

「そもそも強姦なんて、本当にあったのか」

加奈子は弾かれたように顔を上げた。

「そんなところから疑うんですか」

「二人とも、合意の上で関係を持ったと話していたんだろう。いまや二人とも故人だから、真相をたしかめようもないが」

「相手は葛城陸ですよ？　それに関係が合意の上だったとしたら、清水早希さんはどうして自ら命を絶ったんですか」

葛城陸は強制わいせつや強制性交などで五度逮捕されながら、祖父の経営する企業グループの経済力によっていずれの事件でも示談が成立し、すべて不起訴となっている、警察組織内では悪名高い人物だった。

「葛城だからなんでもクロってわけじゃない。やつはそれなりに見てくれもいい。女だって、誘われて悪い気はしないはずだ」

「葛城は清水早希さんの免許証を写真に撮っていました。ナンパして合意の上で関係を持った女性の免許証なんて、普通撮影しません」

「人それぞれだと思うが」

かっと頭に血がのぼる。この男は性犯罪を軽く見過ぎている。

加奈子が爆発しそうなすんでのところで、頼りなげに見えた若手刑事が遠慮がちに口を挟んだ。

「野田さん。さすがに相手の免許証を撮影するなんて、親しい友人どころか、恋人や夫婦でもやらないと思います。女性を脅すための材料として撮影したと考えるのが妥当かと」

「だとしてもついていったのは自分の意思じゃないか」

強姦されたのは自業自得とでも言わんばかりの口ぶりに、加奈子は敢然と反論する。

「清水さんは一緒にお酒を飲むことに同意しただけです。その日のうちに関係を持つなんて、望んでいませんでした。それなのにお酒に薬が入れられていて、意識を失ったんです。葛城のマンションまで行ったのは、彼女の意思ではありません」

野田は不愉快そうに顔を歪めただけだった。

「……で、おまえは彼女に被害届を出させようと説得したんだな」

「最初は嫌がっていましたけど、最終的には同意してくれました」

それなのにあんな結果になるなんて。

悔やんでも悔やみきれない。彼女を説得しなければよかったのか。性犯罪の被害者だと知りながら、泣き寝入りさせていればよかったのか。何度あのときに戻っても、その選択をできるとは到底思えない。

「清水さんはいったん同意したのに、電話で断ってきた」

　野田が言った。

「葛城の祖父が営む会社の弁護士が持ちかけた示談を断ったら、清水さんの恋人に写真が送りつけられたと話していました」

　どういう写真かは、あらためて説明するまでもない。勝手に免許証を撮影するような卑劣な男が、免許証の撮影だけで満足するわけがない。

「葛城のやつ、最低ですね」

　怒りを露《あら》わにする古内とは対照的に、野田はあくまで無関心だった。

「それで、清水が電話で自殺をほのめかした」

「精神的にかなり不安定な様子がうかがえたので、危ないと思いました。そのとき、たまたま簑島さんも一緒だったので、タクシーを拾って二人で彼女のアパートに向かったんです」


――私、被害届出せない。

――わかった。出さなくていい。その代わり、いまから会って話せないかな。これからそっちに行くから。

――もう、無理……そんなつもりなかったのに。

――私が話、聞くから。話、聞かせて。ね、これからすぐに行くから。待ってて。

——ごめんなさい。

当時の会話がよみがえり、加奈子は瞑目《めいもく》した。

大家から借りた鍵《かぎ》で部屋に立ち入ると、加奈子はバスルームで水を張った湯船に浸《つ》かり、手首を切っていた。すでにその顔は青白く、簑島が心臓マッサージで両手を押し込んだときの様子も、生命体のそれではなかった。

「清水さんが死んでいるのを確認し、簑島は葛城を殺しに向かった」

「そうです」

——おれが罰する。

到着した救急隊と入れ替わりにアパートを出ながら、簑島はそう呟《つぶや》いた。救急隊への事情説明が必要だったため、加奈子はすぐに簑島を追いかけることができなかった。あの判断にも悔いが残る。すぐに追いかけて腕をつかんでいれば。

野田が顎に手をあて、しばし考える。

「その後、簑島は川崎の銀柳街で葛城の殺害に至るわけだが」

「先ほどお話しした通り、葛城の友人が蒲田《かまた》駅前のアーケード近くでダイニングバーを経営しています」

「幅佳実《はばよしみ》だな」

「そうです。捜査の過程で幅に話を聞く機会があったので、幅の店の場所も、葛城との関係性も把握していました。簑島さんは幅から電話をかけさせ、葛城の居所を突き止めたようです」

その後、幅に暴行を加え、おそらくは葛城に連絡できないようにするため、幅のスマートフォンを破壊して立ち去っている。

「そこまではわかったんだが……」

顎をかきながら眉根《まゆね》を寄せるベテラン刑事に、加奈子はひそかに身構えた。

「おれが引っかかってるのは、簑島よりも、おまえの動きだ。簑島の行動は突発的だった。だやつの内心までは知りようもないが、少なくとも相棒のおまえにとってはそうだった。だよな？」

「はい」

予想できるはずもない。できたのなら、どこかで手を打っている。

「それなのに、よく簑島を見つけ出せたな」

「捜査本部でペアを組むのも二度目だし、それなりに気心は知れているので」

「それにしたってさ……葛城の居所を知るための手段はほかにもあるし、簑島が真《ま》っ直《す》ぐ幅の店に向かったなんて、すぐには思いつかない」

野田の指摘通り、当初、加奈子は葛城のマンションに向かうつもりでいた。だが仲間たちが先回りして可能性を潰《つぶ》してくれたおかげで、川崎の銀柳街に直行できた。結果的にあと一歩で手遅れになってしまったが。

もちろん、仲間の存在を明かすつもりはない。

「ギャンブルでした。たまたま勘が当たってくれたんです」

野田の表情を見る限り、たぶん信じていない。だがそれ以上追及する材料も見つからないようだった。

「その後、簑島から連絡は」

「人を殺して逃亡中の簑島さんが、私に連絡してくると?」

言いながら、もしそうだったらよかったのにと思った。簑島は加奈子の目の前で殺人を犯して逃げた。連絡してくるわけがない。それなのに、自分はいざというときに頼られる存在ではなかったのかと、妙な寂しさを覚えていた。

「それもそうだな」

今度は素直に納得してくれたようだ。

「簑島の立ち回り先に心当たりは」

「ないです」

「それなりに気心は知れてるんじゃなかったのか」

からかうような口調に、むっとした。

「あくまで仕事上の関係なので。プライベートは詮索《せんさく》しません」

「そうなのか」意外そうだった。

「たしか以前に、おまえの親戚《しんせき》の子だっけか……小学校の運動会に、簑島が同行したことがなかったか。たまたま、刃物を振り回す少年が現れて、たまたま居合わせたおまえたちが取り押さえた事件だったと記憶しているが……あれはプライベートだったろう」

「たまたま」をことさらに強調した言い方だった。

　そんなこともあった。もちろんたまたまではなく、大量殺人を目論《もくろ》んでいる人間がいる情報をつかんだ上で警戒していた。信じられないことに、あれから一年も経《た》っていない。短い間にいろんなことがありすぎた。

「一線を引いていると言っただけで、いっさいプライベートに踏み込まないというわけではありません。言葉尻《ことばじり》を捉えて揚げ足取りをするのはやめてください。不快です」

　ぴくっと、野田の片眉が持ち上がる。

「それは悪かった」

　まったく悪いと思っていないような言い方だった。

「必要以上にプライベートを詮索することはないので、簑島さんの立ち回り先に心当たりはありません。私が知りたいぐらいです」

「ならおまえ以上に、簑島と親しくしている友人なんかは」

「知りません。プライベートを詮索しないと言いましたよね」

「親戚の子どもの運動会は一緒に観覧するのにか」

「いけませんか」

　きっぱりと言い切った。

　しばらく加奈子を見つめていた視線が逸《そ》れる。

「わかった。また話を聞くことがあるかもしれない。そのときは協力してくれ」

「もちろん協力はしますが、たぶんご期待には添えないと思います」

「それはこっちが決めることだ」

野田が皮肉っぽく唇の片端を持ち上げ、捜査資料のバインダーを閉じた。

事情聴取から解放され、警視庁本部庁舎を出る。加奈子の勤務先である北馬込署の最寄り駅までは、東京メトロからＪＲに乗り換え、さらに都営地下鉄に乗り継いで四十分ほどだ。

加奈子は東京メトロ桜田門《さくらだもん》駅への降り口を素通りした。皇居の外周を最高裁判所方面へとしばらく歩いて、怒りを鎮めようと長い息をつく。

立ち止まって振り返ると、十数メートル後方を歩いていたスーツ姿の男が、同じように立ち止まった。加奈子が歩き出すと歩き出し、加奈子が立ち止まると立ち止まる。

どうやらまったく信用されていないらしい。行動確認の捜査員をつけられたようだ。人通りの少ない皇居のお濠《ほり》沿いの道だと尾行がバレバレだが、そもそも隠し通そうとは思っていないのだろう。被疑者をかばい立てしたところで無駄だというメッセージだ。バカにされたものだ。一言いってやろうかと思ったが、諦《あきら》めた。有楽町《ゆうらくちょう》まで歩いてＪＲに乗ることにしよう。

加奈子は駅までの道のりを歩きながら、記憶を反芻《はんすう》する。

あのとき。

川崎の銀柳街の路地裏で、葛城を暴行する簑島を見つけたあのとき。簑島が葛城の胸に鉄パイプを突き立て、殺人者となった、あのとき。

葛城にとどめを刺す直前、簑島は一瞬だけこちらを見た。暗闇《くらやみ》の中で異様にぎらついたその目は常人のものではなかったし、加奈子の知る、抑制の利いた無口な刑事と同一人物とは、とても思えなかった。

どうやら野田からは、簑島と通じている可能性を疑われている。あるいは、殺人を犯した簑島を、あえて見逃したのではないかと。その見方は、当たらずとも遠からず、と言える。

簑島と目が合った瞬間、加奈子は身動きが取れなくなった。あのとき即座に動いていれば、殺人を止めることはできないまでも、逃走する簑島に追いつくことはできたかもしれない。

わざと見逃したのでは、ぜったいにない。それでも加奈子自身の落ち度は、確実にあった。その点は認めざるをえない。

簑島はなぜ逃げ出したのか。

ずっと疑問がわだかまっている。

彼の正義感の強さを考えれば、葛城の殺害までは理解できなくもない。法の執行者であるが故に、法の不備による理不尽を痛感し、憤ったのだろう。性犯罪の被害者が自死し、加害者が罰せられることもなくのうのうと生き永らえる。加奈子も激しい怒りを感じたし、許されるなら、自らの手で葛城を罰したかった。

しかし現場から逃走したのだけは、どうしても理解できない。加奈子の知る簑島なら、自ら警察に出頭して罰を受けようとする。だからこそ、脱兎《だっと》のごとく逃走する行動に虚を突かれ、取り逃がしてしまった。

はたして、あれは簑島だったのだろうかと、加奈子は思う。

——おれには、伊武《いぶ》さんが見えます。

武蔵新田事件でふたたびペアを組むことになったとき、簑島は告白した。

伊武というのは、簑島が兄のように慕っていた先輩刑事・伊武孝志《たかし》のことだ。十四年前の連続殺人事件の捜査本部に参加していた伊武は功を焦るあまり、不正な工作を行った。それがきっかけで明石のアパートの家宅捜索が行われ、凶器のロープが発見されたことで、明石の逮捕に至っている。

因果は巡るというべきか、伊武は不正工作に気づいた錦糸町《きんしちょう》署の外山《とやま》を亡き者にし、そのことを後輩の簑島に追及されている途中で、何者かによって銃撃され、永遠に口を封じられた。

その伊武の姿が、見えるようになったのだという。

——頭がおかしくなってきているんです。だんだん伊武さんに支配されていて、無意識に行動していることや、ときには記憶を失うこともあります。

簑島はそう言った。自分が明石の冤罪《えんざい》成立を妨げるような行動をとったら、容赦なく排除して欲しいし、罪を犯したら遠慮なく手錠をかけて欲しいとも言った。

もしかしてあれは、簑島であって簑島でなかったのかもしれない。

考えながら歩いているうちに、ＪＲ有楽町駅が近づいてきた。路上駐車している車のバックミラーで、さりげなく背後をうかがう。

おや、と思った。

先ほどまでつかず離れずの距離を保って後ろを歩いていた、スーツ姿の人影がない。本庁捜査一課の精鋭が、まさか行確対象を見失うなんてことはないだろうが。

交差点に差しかかり、信号待ちの雑踏に紛れる。

ふいに、隣に並んでくる気配があった。

加奈子が反射的に顔をしかめたのは、相手が警察の人間だとすぐにわかったからだった。くたびれた灰色のスーツは既製品で珍しくもなんともないはずなのに、警察官特有のオーラはなぜかすぐにわかる。自分もそうだったら嫌だと思うが、たぶんそうなのだろう。

男は短髪に浅黒い肌をして、背は低いが筋肉の詰まったような身体《からだ》つきをしていた。ぎょろりとした大きな目は、交差点の先の信号に向けられている。

「矢吹加奈子だな」

低い声で訊《たず》ねられ、加奈子は眉をひそめた。

「あなた、誰」

「捜査一課の有吉」

「有吉?」

「聞いていないか」

「なにを」

すると今度は反対側に、もう一人の気配が並んできた。こちらは長身で色白で、あっさした顔立ち。すべてが有吉とは対照的な容貌《ようぼう》だ。

背の高いほうが、有無を言わさずに加奈子の腕を取ってくる。

「ちょっと、なに……」

声をかぶせられた。

「捜一の久慈です。行確は撒《ま》きました。一緒に来ていただけませんか」

青白い顔に表情の読みづらそうな小さな目。細いわりにすごい力だ。

「どういうこと?」

加奈子は左右を挟む男たちの顔を交互に見る。行確は撒いたって、あなたたちが行確要員じゃないのか。

「明石は無実なんだろ」

有吉の言葉にぎょっとなる。

「なんでそれを」

「知りたかったら来てください」

久慈に腕を引かれても、今度は抵抗しなかった。

3

有吉と久慈に連れて行かれたのは、コインパーキングだった。そこには覆面パトカーが止めてあり、加奈子は後部座席に乗せられた。

久慈が助手席に座り、有吉がハンドルを握る。見失った行確対象者を捜す捜査員が近くにいるかもしれないため、しばらく隠れているようにと指示されたので、後部座席で横になった。

覆面パトカーが発進する。

「どこに向かっているんですか」

不安になってきた。寝転んだ車窓から見える景色だけでは、どこを走っているのか見当もつかない。

「むしろどこに向かえばいいんだ」

鼻歌でも歌い出しそうな有吉の軽い口調とは対照的に、久慈の指示は事務的だった。

「とりあえず有楽町から離れてください」

「はいはい」

有吉がハンドルを切ったらしく、車体が揺さぶられる感覚がある。

しばらく走ると、空が開けてきた。

「そろそろいいでしょう」

久慈から許可がおりたので、加奈子は身体を起こした。あらためて外を見ると、どうやら有明《ありあけ》方面の埋め立て地に向かっているらしい。

「説明してもらえますか」

二人は明石の名前を口にした。それだけでなく、冤罪の可能性も口にした。

「おまえさんと同じだよ」

有吉が不本意そうに鼻を鳴らす。

意味がわからずに首をかしげると、久慈がこちらに顔を向けた。

「簑島から聞いていませんか」

しばらく考えてピンと来た。

「もしかして……」

「そのもしかして、だ。やつにストラングラーの候補者リストを渡した間抜け二人組だ。やつのおかしな動きに気づいていながら、止めることをしなかった。やつのことを完全に信用したわけじゃなかったが、やつの口車に乗ったせいで、死体が増える羽目になった」

明石の冤罪を成立させようという活動は、とてもではないが現職の警察官に許されるものではない。そのため簑島は、極秘裏に明石に面会を繰り返していた。

ところが伊武銃撃事件の専従捜査員である同僚に、自分の活動を知られてしまった。だから一か八《ばち》か、すべてを打ち明けたと聞かされた。その結果、彼らからの協力が得られ、ストラングラーの候補が七人にまで絞り込まれた。簑島が葛城殺害に至ったのは、その矢先の出来事だった。

「あなたたちがそうだったんですか」

久慈が軽く顎を引き、有吉が忌々しげに言う。

「その通りだよ。まんまとストラングラーに踊らされたアホだ。笑いたければ笑え」

「簑島さんはストラングラーじゃありません」

「だったらいいけどな。もしやつがストラングラーだったら、おれらの警察官人生は終わりだ」

自棄《やけ》気味の有吉にたいし、久慈は冷静なようだ。

「そうであることを望んではいません。ですが、彼にも疑うべき要素はじゅうぶんにあります。彼は人を殺しました」

「それについては、はっきりとした動機があります」

「ストラングラーに動機がなかったと？」

ルームミラー越しの鋭い視線に、加奈子は声を失った。

久慈が続ける。

「どんな殺人鬼にも、自分なりの動機はあります。彼らなりの動機が、一般社会の常識や規範から大きく外れているだけです。簑島は葛城陸を殺して逃げた。性犯罪で何度も逮捕されたにもかかわらず、いずれも不起訴処分になっている葛城陸は、警察官にとって、いや社会にとって憎むべき存在かもしれません。今回の事件だけに限れば、犯人への同情や擁護の声も上がるでしょう。だからといって殺人が許容されるわけではありません。警察関係者の誰もが葛城への怒りを抱きながら、己を制御してきたのです。それは矢吹さん……きみだって同じはずだ。きみは、簑島の犯行が許容されるべきだと考えるのですか」

「いえ……」

「葛城の所業を考えて簑島を擁護したくなる気持ちは、理解できなくもありません。はっきり言ってしまえば、私だって心の奥底で簑島に喝采《かっさい》を送る自分を認めざるをえない。だがそれは、自分の怒りや欲望を簑島が具現化してくれたからです。彼は普通の人間にはできないことをやった。それは裏を返せば、怒りの感情や加害衝動を制御できないという、彼の幼児性の裏付けにもなりえます」

「一人殺した人間は、二人だって三人だって殺せる。疑われたってしょうがないし、疑わないほうがおかしい」

低い声で言いながら、有吉が首をまわす。

二人の言う通りだ。

ストラングラーによる連続殺人と簑島による葛城陸殺害は、まったく性質の異なるもの。加奈子はそう考えていたが、そう考えたいだけかもしれない。殺人は殺人だ。

十四年前に発生した四件の殺人で死刑判決を受けた明石は、そのうちの一件が発生したとき、別の人間を死に至らしめていた。よって有罪になった四件については冤罪が推定されるが、一人の生命を奪っているのは確実になった。加奈子をはじめ、協力者全員に、そんな人間を救っていいものか、実はほかにも殺しているのではないかと葛藤《かっとう》が生まれた。

それと同じことだ。一人殺していたら、余罪を疑われてもしかたがない。簑島はいま、そういう立場にある。

久慈がこちらを一瞥する。

「簑島の自宅を家宅捜索してきました。彼のマンションを訪ねたことは？」

「いいえ。どこに住んでいるのかも」

知らない。加奈子にとって、もしかしたら明石以上に謎《なぞ》に包まれた存在なのかもしれない。簑島がストラングラーでないと強弁できるほど、加奈子は彼のことを知らない。

「江東《こうとう》区の住吉《すみよし》っていう駅の近くの、ボロいマンションだ」

有吉がブレーキを踏み、覆面パトカーが信号停止する。

「異様でした」久慈が言った。

「異様……とは」

加奈子はひそかに生唾《なまつば》を呑み込む。

有吉がハンドルを握ったまま、指を開いたり閉じたりする。

「家財道具がほとんどない。六畳間にマットレスが置いてあるだけ」

なにが言いたいかわかるよな、という感じに「だけ」という言葉を強調する。

加奈子は息を呑んだ。

武蔵新田の福村乙葉殺害現場とよく似ている。あの現場も住人のいない空室に、犯人が持ち込んだと思しきマットレスだけが置かれていた。

「正確にはそれだけというわけではなく、箕島の部屋には、衣類や書籍などもありましたが」

久慈にかぶせるように、有吉が畳みかける。

「その書籍っていうのも、ぜんぶ十四年前の明石の事件か、ストラングラーの事件にかんするものだ。はっきり言ってありゃ病的だ。事件に取り憑《つ》かれてる」

「それは、恋人が殺されたから……」

「だとしてもだ」と、有吉が語気を強める。

「十四年経ってんだぞ。十四年もの間、やつは自分の人生を歩んでいない。時計が止まっちまってるんだ。とてもまともとは思えない」

相棒が荒い鼻息を吐いて話に一区切りつけたのを見計らい、久慈が口を開く。

「一つの事件に固執するさまは、常軌を逸していると感じました。過去を忘れることのできない被害者の関係者が事件について調べているという解釈もできますが、犯人がトロフィーを収集しているかのような印象を受けたのも、また事実です」

「そんな……」

加奈子の反論を遮るように、有吉が告げる。

「マットレスに血液らしき染みが付着していた」

全身が硬直した。

久慈が平坦《へいたん》な声音で言う。

「誰の血液か、まだわかっていません。鑑識の結果待ちです」

「ストラングラーの被害者の血液だったら最悪だな。おれらも、おまえも終わりだ」

ハンドルから手を離した有吉が、自分の首を手刀で切るしぐさをする。

信号が青に変わり、車が走り出した。

「でも……だとしたら十四年前の事件は？」

簑島がストラングラー。

かりにここ一年の連続殺人が簑島の手によるものだったとして、十四年前の四件はどうなる。それも簑島の仕業というのだろうか。

当時の簑島は大学生だった。犯行は可能といえば可能だが、いち大学生には、明石に罪を着せる工作までは難しい。

「そこまでは知るか」と、有吉が不機嫌そうに鼻を鳴らした。「ぜんぶ簑島の犯行かもしれないし、十四年前はまったく別ってことかもしれない。それこそ簑島が明石の模倣犯と考えれば、足繁《あししげ》く面会に通っていた行動にも説明がつく。その場合は、明石の無実を信じているんじゃなく、たんなるファン心理から会いに行っていただけになるな」

「そんな……！」

そんなわけがないとは、断言できない。無条件に信じられるほど、簑島朗という人物を知らないのだった。

十四年前の連続殺人も簑島の犯行だとすれば、簑島は自ら恋人に手をかけたことになる。そうしながら明石を犯人に仕立て上げ、自らは警察官となって、明石の冤罪成立のために奔走する。

あるいは十四年前の犯行が別人の手によるものなら、簑島は恋人を殺されたことで壊れたのかもしれない。

これまで考えたこともなかった、無意識に排除してきた可能性だった。明石の無実を証明するために奔走しながら、ともにいくつもの事件を解決してきた同志を信じたい気持ちが勝った。

無意識に目を背けてきたのだ。

他人に高い壁を作って単独行動する簑島にたいして、潜在的に不審を抱いていたのに。いまでも信じたい気持ちのほうが強い。

しかし簑島はいまや、れっきとした殺人犯だ。加奈子自身が犯行の瞬間を目撃してしまったのだから、その点は疑いようもない。

いまにも倒れそうな自分を、懸命に保った。もしも簑島がストラングラーで、自分の思うような人物でなかったとすれば、簑島に手を貸した責任は自分にもある。被害者面をしていられる立場ではない。

加奈子は顔を上げた。

「私になにをしろと？　野田さんにも言いましたけど、簑島さんの立ち回り先に心当たりはありません」

「本当か？」

いかにも疑わしげな、有吉の口調だった。

「何度か捜査でペアを組んだし、それ以外でも行動をともにしたことはありますが、つねに他人にたいして壁を作って、プライベートな話はほとんどしない人でしたので。そういう簑島さんの人となりは、捜一の同僚のほうがよくご存じだと思いますが」

「仕事仲間にプライベートを明かさないのは、よく知ってるさ」

暗に仕事仲間以上の関係だったのではないかと、ほのめかしている。

だが挑発には乗らない。

「残念ながら、簑島さんとは私が思うほどの信頼関係が築けていなかったようです」

有吉に替わり、久慈が質問してくる。

「簑島からなんらかのコンタクトは」

「ありません。簑島さんのスマホの電源が切られているのは、ご存じですよね」

「連絡しようとはしたのですね」

「当然です。目の前で人を殺して逃げたんですから。何度か電話しました。最初は呼び出し音が聞こえていましたが、五分ほどで電源が切られてしまったようです」

「メールやＬＩＮＥは」

その質問は有吉だった。

「送りました。ただ、何度も送るとブロックされてしまうかもしれないと思い、一度しか送っていません。〈いまどこですか〉という内容です。ずっとスマホの電源を切っているなら当然ですが、既読にもなっていません。ご覧になりますか」

懐からスマートフォンを取り出そうとすると、久慈が小さく手を振った。

「それには及びません。簑島のスマホの電源が入っていないのは確認済みです」

簑島も警察官だ。スマホの電源を入れたとたん、所在地が特定されるのはわかっているだろう。

「まだなにか？」

しばらく間があって、久慈が切り出した。

「私たちの調べた限り、簑島の交友関係は限りなく狭い。今後、なんらかのかたちできみにコンタクトを取ることも考えられます。もしもそうなった場合、情報を共有していただけますか」

加奈子も答えるまでに、たっぷりと時間を空けた。

「あなたたちが信用に値するか、私には自信が持てません」

「なんだと？」

語気を荒らげる有吉の肩に、久慈が手を置く。

「簑島から、私たちのことを聞いているはずですよね」

「聞きました。東京拘置所まで尾行されていたので、すべて話したと」

「死刑囚に面会を繰り返し、あろうことか無実を証明しようとするなど、警察官としてあってはならない行動です。本来ならばなんらかの処罰が下る。ですが私たちは、簑島の行動を上に報告しなかった。彼の言葉に真実が含まれている可能性を考慮したのです。もしも彼の言っていることが事実であれば、明石は無実で、明石に罪を着せた真犯人はストラングラーとして現在も殺人を続けており、しかもそれが警察内部の人間かもしれない。看過できません」

「やつの推理をもとに、ストラングラーになりえる疑わしい同僚たちのリストまで提供したんだ。知ってるよな」

「知っています」

デリバリーヘルスに勤務する風俗嬢をロープで絞殺という手口こそ共通しているものの、これまでの四件の殺人現場がラブホテルだったのにたいし、最近発生した福村乙葉殺害はアパートの空室だった。現場となった空室の水道メーターにはダイヤル式のキーボックスが取り付けられてあり、四桁《けた》の暗証番号を合わせることで解錠し、合鍵を取り出すことができる仕組みだった。物件を管理していた不動産業者によれば、ほかの業者を通じて問い合わせがあった際にはキーボックスの暗証番号だけを伝え、立ち会うこともなく勝手に内見させていたらしい。比較的賃料の安い物件では珍しくない方法のようだ。つまり四桁の暗証番号さえ知っていれば、誰でも空室に出入りできる状況だった。

有吉と久慈は、この犯行現場の変化に着目した。ストラングラーの四件目の犯行から、最新の五件目までの間に、犯人がキーボックスを利用した内見という、不動産業界の慣習を知ったのではないかと考えたのだ。

ちょうどその期間に、不動産業者に勤務する男が元交際相手の女を殺害し、逃走するという事件が起こっていた。捜査本部は男が会社の管理物件に潜伏している可能性を考慮し、捜査員を派遣している。有吉と久慈は、捜査本部に参加していた捜査一課員の中で、十四年前に犯行が可能であったろう年齢に達していた七人の捜査員をリストアップし、簑島に伝えたという。

神保弘樹《じんぼひろき》、佐藤学《さとうまなぶ》、中原浩一《なかはらこういち》、稲垣貞信《いながきさだのぶ》、福岡大志《ふくおかたいし》、徳江雅尚《とくえまさなお》、平井貴《ひらいたかし》。

それまで雲をつかむような状況だったのが、急に七人にまで絞られたのだ。あの全身の産毛が逆立つような感覚は、いまだに忘れられない。

「あのリストだって、信用できるかわかりません」

「なんでだよ」

きさっ、と甲高い音が響き、身体が前後に揺さぶられた。有吉が急ブレーキを踏んだのだ。

覆面パトカーは交通量の少ない倉庫街の路上で停止していた。

有吉が座席の背もたれに片肘《かたひじ》を載せながら、威圧的に振り返る。

「あのリストを作るのが、どんだけ大変だったと思ってるんだ」

まあ待てと相棒を諫《いさ》め、久慈も振り返る。

「かりにあのリストが出鱈目《でたらめ》だったとして、私たちになにか得がありますか」

「私たちがストラングラーに迫るのを邪魔できます」

一瞬の沈黙の後、有吉が顔を真っ赤に爆発した。

「おれらがストラングラーだっていうのか！」

「可能性はありますよね」

「そんなわけないだろ！」

「あたかも簑島さんが疑わしいように誘導して私を油断させ、有益な情報を引き出そうとしている可能性があります」

「きさま……」

「待て」と久慈が有吉の肩をつかんだ。

「もしも私たちがストラングラーだとしたら、きみはいま、非常に危険な状況にあります。生きて帰ることはできない」

「お二人のうち、どちらかがストラングラーでも、もう片方は違うから平気です。いまこの場で手出しされることはありません」

久慈と有吉が互いの顔を見合った。

「バカなこと言ってるんじゃねえ！」

怒鳴る有吉に、久慈が右手を立てる。

「いや。彼女の言い分にも一理あります」

「久慈。おれのことを疑っているのか」

「そういうわけではありませんが、彼女の立場を考えれば、我々だって疑うに足る存在なのは間違いありません。彼女が信頼していたはずの簑島がストラングラーである可能性を疑うのなら、彼女にとってよく知らない私たちは、簑島以上に疑うべき存在になりえます。そういうことですよね」

「まあ、そうです」

正直なところ、いまは誰《だれ》のどんな言葉を信じればいいのかわからずに、混乱していた。

「私たちには、簑島という男を信じたという共通点があります。結果、あの男は殺人を犯すことになった。いわば簑島に痛い目を見せられた者同士で共同戦線を張れればと期待したのですが、いまのところそれは難しいようですね」

加奈子は沈黙に意思をこめた。

久慈が諦めたように息を吐く。

「わかりました」

はっと久慈のほうを見る有吉は、まだ諦めきれないという感じだ。

「降りてもいいですか」

加奈子は後部座席の扉を視線で示した。

「こちらの都合で連れ回してしまったので、最寄りの駅までお送りします」

「かまいません。おかげで行確を撒くことができましたので」

「碓井《うすい》と望月《もちづき》に会うつもりですか」

図星だったが、肯定も否定もしない。

「私たち身内が信頼に値しないのに、怪しげなフリーライターとチンピラは信用するのですね」

「いまもっとも信じられないのは、身内ですから。降ろしてください」

ロックの外れる音がして、加奈子は扉を開いた。車を降り、扉を閉めようとしたときに、久慈の声が飛んでくる。

「彼らに私たちのことを話してください。私たちが信頼に値する存在か、相談してくださってかまいません。その結果、心境に変化があったらいつでも連絡を待っています」

加奈子が扉を閉めると、覆面パトカーは走り去った。

4

迎えが来たのは、加奈子が電話をかけてから四十分後のことだった。

ベンツのSUV。運転席の金髪をリーゼントに固め、頬のこけた細面の若い男が望月翔太《しょうた》、助手席のパーマヘアをオールバックに撫《な》でつけ、肌を小麦色に焼いた中年男が碓井和章《かずあき》だ。見るからに胡散臭《うさんくさ》い空気を振りまく彼らにたいして、久しぶりに会う親戚のような安心感を覚えるようになったのは、いつからだろう。

ハザードを焚《た》いて停止したベンツの後部座席の扉を開こうとしたら、助手席から碓井が飛び出してきた。待て待てと加奈子に右手を向け、左手で扉を開く。エスコートしたかったらしい。

「ありがとうございます」

「礼には及ばねえよ」

碓井が照れくさそうに鼻の下を人差し指で擦《こす》る。

「よかったっすね、碓井さん。矢吹ちゃんから連絡あって。ああいうことがあったせいで、もうこっちには連絡してくれなくなるんじゃないかって心配してたんですよ」

簑島が葛城を殺害したとき、加奈子だけでなく碓井と望月も現場の近くにいた。簑島捜索のため、二人に協力を要請したのだ。だがあんなことが起こったため、加奈子は二人に現場付近から立ち去るよう指示したのだった。

運転席からひやかす望月に「うるせえんだよ。余計なこと言うな」と唇を尖《とが》らせ、碓井は加奈子が乗り込むのを待って後部座席の扉を閉めた。

「それはそうと、こんなところでなにしてたんすか」

アクセルを踏み込みながら、望月が言う。

「捜一の有吉と久慈って知ってる？」

加奈子はシートベルトを締めながら訊《き》いた。

「どこかで聞いたような名前だな」

碓井が言い、望月は首をひねっている。二人にとってもその程度の認識のようだ。

「簑島さんにリストを提供した同僚だと言っていました」

言い終わらないうちに「ああ」と望月が声を上げた。

「あのリストを作ってくれた二人っすか」

「そいつらがどうした」

碓井が身体をひねり、缶コーヒーを差し出してきた。

礼を言って缶コーヒーのプルタブを起こし、加奈子は言う。

「簑島さんを見つけるため、情報を共有したいと申し出てきました。さっきまでここで二人と会っていたんです」

「マジすか」

「いいじゃないか」

望月も碓井も、連中を味方と思い込んでいるようだ。

加奈子の複雑そうな表情に気づいたらしく、碓井が片眉を持ち上げる。

「なにか問題でも？」

「あの人たちは、簑島さんがストラングラーじゃないかと疑っているようです」

「なんで？」と、望月が声を上げた。

加奈子は二人の挙げた根拠を伝えた。望月も碓井もなにか言いたげではあったが、加奈子の話が終わるまで黙っていた。

「わからなくもないわな」

　碓井が顎に手をあて、無念そうな息をつく。

「なんでですか。おかしいでしょう。碓井さんまで、簑島の旦那《だんな》がストラングラーだって言い出すんじゃないでしょうね」

　興奮しすぎたせいで、望月の声はところどころ裏返っていた。

「おれはそう思っちゃいない。そう見えてもおかしくないって話だ」

「でも――」

「デモもストもない。自分の恋人を殺したとされる死刑囚に面会を繰り返していたなんて、普通の人間には理解できない」

「それは明石さんが無実だから」

「だとしてもだ」と、碓井が語気を強める。

「現職の警察官が死刑囚の主張を鵜呑《うの》みにするなんて変だろう。簑島が明石の模倣犯であるストラングラーで、冤罪成立のために奔走するという建前のもとに、憧《あこが》れの存在であるオリジナル・ストラングラー――明石に面会を繰り返していた、という説明のほうがすんなり納得できる。あくまでおれたちの感情を抜きにした、一般論での話だ」

　念押しされても納得いかないらしく、望月は「そんなわけがない」と呟いていた。

「で、どう応じたんだ」

碓井が気を取り直すように訊いた。

「保留しました。簑島さんが疑われるのであれば、有吉さんや久慈さんも同じように疑わしいですから」

「そうっすよ。むしろやつらがストラングラーじゃないですかね」

「少し黙ってろ」と望月に釘《くぎ》を刺し、碓井が言う。

「連中は、簑島さんが明石に面会していたことを、捜査本部に上げているのか」

「それはないと思います。簑島さんが明石さんに面会していたことを知った上で看過していたのがわかれば、二人にとっても失態ですから」

「なるほど。だから誰よりも先に簑島の身柄を確保しようと躍起になってるわけだ。だったら、やつらの申し出を受け入れて共闘してもよかったかもしれないな」

「ですが、彼ら自身はともかく、彼らのすぐそばにストラングラーがいるのは間違いありません」

「たしかに……思わぬところから情報が漏れるかもしれない。そうなれば証拠の隠滅や捏《ねつ》造《ぞう》もありえるし、下手をすれば簑島さんが消される可能性だってある」

「いずれにせよ、簑島の旦那を殺人鬼扱いするような連中と手を組むなんて御免です」

望月が憤然と鼻息を立てる。こころなしか、車の走行速度が上がった。

「そう言うが、簑島さんが人を殺したのは間違いないんだ」

だよな、という感じに碓井が振り向き、加奈子は頷いた。

「人殺しと連続殺人鬼は違います」

望月の主張は、加奈子には少し都合がよすぎるように感じられた。碓井も同じだったらしい。

「どうかな」と声をうねらせる。

「それは簑島さんという人間を知っているからこその意見だろう。一人殺しただけでも、何人も殺していても、関係ない人間には同じだ。どっちもアパートの隣人にはなりたくないし、エレベーターで二人きりにはなりたくない」

「おれは平気っす」

「だからそれは……」

埒《らち》があかないという感じに、碓井が話題を変えた。

「簑島さんは、なんで逃げた」

「私にもその点が不可解です。葛城を殺すまではまだ理解できなくもありませんが、逃走した意図がわかりません」

「だな。まさか一生逃げ切れるなんて、考えちゃいないと思うが」

「簑島さんの性格と、現場からの逃走という行動が相容《あいい》れない気がします」

「ああ。クソがつく生真面目な人間だ。自分の罪を素直に認めて刑に服すか、それこそ、自分で自分の命を絶ってもおかしくない」

望月が小さく悲鳴を上げる。

「ちょっと！　変なこと言わないでくださいよ！」

「たとえばの話だ。それほど責任感が強い男だったと言いたいだけだ」

いちいち過剰に反応されて、碓井は少し面倒くさそうだ。

「たとえでも言っていいことと悪いことがあります」

「でも残念ながら、自死の可能性も考慮しないといけない状況だと思う」

加奈子が冷静に伝えると、恨めしげな視線がルームミラー越しに見つめてくる。

「簑島さんが消えて二日……か。警察はまだ消息を追えていないんだよな」

碓井が神妙な顔で言った。

「どこまで捜査が進展しているのかわかりませんが、有吉さんと久慈さんが接触してきたということは、そうでしょう」

簑島の事件の捜査本部に、二人は参加していない。それでも捜査の進捗《しんちょく》情報なら入手できるはずだ。

「簑島の旦那、いまごろどこでなにをしているんだろう」

望月がため息交じりに言う。

「あれだけ顔写真をばらまかれたら、下手に歩き回ることはできない。宿泊施設を利用するのだって危険だ」

碓井の言う通り、事件はマスコミで大きく報じられている。なにしろ警視庁捜査一課所属の刑事が市民を殺害し、現在も逃走中なのだ。

「どこかで野宿でもしてるんですかね。体調崩してないといいけど。連絡ぐらいくれればいいのに」

望月はあくまで簑島の味方をするつもりらしい。

「連絡なんてできるわけないだろ」

「どうしてですか」

「明石みたいに濡《ぬ》れ衣《ぎぬ》を着せられたわけでなく、いまの簑島さんはれっきとした殺人犯だ。それを知った上でかくまえば、おれたちだって罪に問われる」

「かまいません」

「おまえはかまわなくても、おれはかまう。殺人犯をかくまってお縄になるなんて嫌だ」

「碓井さん、冷たくないですか。一緒に戦ってきた仲間じゃないですか」

「冷たいとか冷たくないの話じゃない。それにはっきり言って、無条件に擁護できるほど、おれは簑島さんのことを知らない」

信じられないという感じで顔色を変える望月に、碓井が畳みかける。

「おまえは知ってるのか。簑島朗っていう人間を。おれは正直、あの人のことをもう少し理解しているつもりだった。執念深くストラングラーを追い続ける様子から、見た目以上に熱いものを湛《たた》えた男だとは思っていたが、激情に流されて道を踏み外すことはないと思っていた。だが違った。あの人は、人を殺した。その時点で、おれは自分で思っているほど、あの人のことを知らなかったと気づかされた。だからいま、おれには自信がない。あの人が本当はどんな人なのか、おれにはわからない。いまじゃ、実はあの人がストラングラーでしたって言われても、強く否定できない」

「ふざけんな！　なんでそんなことを！」

望月が碓井に怒鳴る。

「私も」と、加奈子は会話に加わった。

「正直、私にも簑島さんを信じ切る自信がない」

「矢吹ちゃん……」

望月が呆然《ぼうぜん》とした表情をこちらに向ける。

「有吉さんと久慈さんの話を聞いたときは、頭に血がのぼった。あなたたちは簑島さんを知らないからそんな無責任な推理ができるんだと思った。だけど考えてみれば、私だってそんなに簑島さんのことをわかっていない。あの人が伊武さんの幻覚に悩まされていたのも、ときどき記憶を失ってしまうことがあるのも知らなかった。退屈なぐらい生真面目で、冒険できない性格だと思っていたのに、あの人は私の目の前で葛城陸を殺した。葛城の胸に躊躇なく鉄パイプを突き立てた。私の知らない面がどんどん明らかになるにつれて、簑島さんがどんどん遠い存在に感じられた。有吉さんと久慈さんには、あなたたちがストラングラーの可能性もあるって啖呵《たんか》を切ったけど、本当はもしかしたら……って思ってた。簑島さんはストラングラーかもしれない。正直、いまでもそう思っている」

「そんな……」望月の声は震えていた。懸命に動揺を抑えようとするかのように、声に力をこめる。

「そんなわけないじゃないっすか！　二人ともなんでそんなこと言うんだ！」

加奈子は諭す口調になった。

「望月くん。私たちはあくまで真実を突き止めるために行動をともにしている。明石さんの無実を証明するのだって、明石さんを個人的に好きだからという理由じゃない。明石さんが無実だと思うから。無実の人間が、やってもいない罪で命を奪われるなんて、あってはならないと思うから。でも調べた結果、明石さんが死刑に値する罪を犯していると確信できたら、もはや刑の執行を止めようとは思わない。私たちは死刑制度自体に反対する人権団体とは違うの」

「そうっすけど……」

望月は苛立《いらだ》ちをぶつけるようにハンドルを叩いた。「じゃあ、どうするんすか」

「簑島さんの正体がどうかは関係なく、私たちは、もっと簑島さんを知る必要がある」

腕組みをして考え込んでいる様子だった碓井が、重々しく頷く。

「立ち回り先すら見当がつかない現状では、所在をつかむなんて到底無理だ」

「簑島の旦那を知る……って、身辺調査でもするってことですか」

望月の声はまだゆらいでいる。

「それもいいけど、簑島さんのことを、よく知る人に話を聞くのがいちばんだと思う」

「簑島の旦那をよく知る……同僚とかですか」

望月の言葉に、加奈子はかぶりを振った。

「仕事中にプライベートな話をする相手はほとんどいなかったみたい。唯一、伊武さんのことを兄のように慕っていたみたいだけど」

碓井が話を引き継いだ。

「その伊武はもういない」

「ええ。趣味らしい趣味も、女性の影もないから、仕事以外の交友はほとんどなかったと思います。たぶん、仕事以外でもっとも接する時間が長かった相手が、私たちじゃないかと」

「なら無理じゃないですか」

顔をしかめる望月に、「いや」と碓井が声をかぶせた。

「望月、おまえ、簑島さんと膝をつき合わせてじっくり話したことはあるか」

回答まで数秒間が空いた。

「考えてみれば、ありません。一度、簑島の旦那と飲んでみたかったなあ」

「おれはある。おれの行きつけの池袋《いけぶくろ》のバーで一緒に飲んだ」

「なんすか、それ。いまそんなマウント、必要ありますか」

「そうじゃない。一緒に飲みはしたが、二回だけ、それぞれ一時間弱程度だ。そのときもほとんど秋葉原《あきはばら》の殺人事件についての話題だったから、個人的な話はほとんどしていない。せいぜいそのぐらいなんだ」

「ならやっぱりダメだ」

「ダメじゃないやつがいるだろ」

ルームミラー越しに碓井と目が合う。自分の意図が伝わっていると、加奈子は確信した。

「なんすか、それ。おれじゃない、碓井さんでもないとなれば、矢吹ちゃんですか」

「さっきも言ったように、私は簑島さんのことをほとんど知らない」

「なら仁美《ひとみ》さん……な、わけないか」

仁美とは、明石の妻の名前だ。

しばらくぼそぼそと口の中で呟いた後で、望月が弾かれたように顔を上げた。ようやく察したらしい。

簑島と何度も膝をつき合わせて二人きりで会話をしたことがあり、どういった会話を交わしたのか詳細は定かでないものの、おそらくはすぐれた洞察力で彼の人となりを把握したであろう人物。

「小菅《こすげ》に向かえばいいっすか」

望月がウィンカーを点滅させながらハンドルを切る。

東京都葛飾《かつしか》区小菅一丁目三十五番一号。

それは東京拘置所の所在地だった。

第二章

1

アクリル板の向こうで扉が開き、刑務官をともなって男が入室してきた。さっぱりとした短髪にボタンダウンの白いシャツ、濃紺のイージーパンツ。身につけているもの自体はシンプルなのに、整った顔立ちと長身のせいでランウェイを歩くモデルのような印象を受ける。

明石陽一郎。四件の殺人で死刑判決を受けた死刑囚だった。

明石が無表情のまま軽く首をかしげ、対面の椅子《いす》を引く。

「会ってくれるとは思いませんでした」

加奈子は簑島、碓井、望月とともに、明石の無実を証明しようと奔走していた。たしかに四件の殺人については無実を確信できたものの、代わりに別の事件で明石が人の生命を奪っていたことが発覚した。それは明石自身が、奥底に封印していた記憶だった。自分が他人を死なせていた事実を知った明石は、冤罪《えんざい》での死刑を甘んじて受け入れることに決めたらしく、協力者との面会を拒むようになっていた。

「簑島がやらかしたようだな」

やはりそうか。明石は簑島の事件を知っていた。だから面会に応じたのだ。

「概要はご存じですか」

「性犯罪を繰り返しながら、祖父の財力で示談を成立させては罪から逃れていたお坊ちゃんを殺した」

「その通りです」

「正直驚いた。あの男に人を殺せるとまでは思っていなかった。予想以上に心が蝕《むしば》まれていたのかもしれないな」

はっとした。

「簑島さんが心を病んでいることを、ご存じだったんですか」

「ああ」

「彼が話した？」

「まさか」と、明石は小さく笑った。

「あの男は自分の弱さをさらけ出せるような、強い人間じゃない。懸命に強がって自分を保っているのはわかっていたから、いずれポキリと折れるだろうと思っていた。ついにそのときが来たってことだろう」

いつもながら鋭い洞察だ。期待できるかもしれない。

「簑島さんが葛城を殺した瞬間を、私は見ました」

　そこまでは知らなかったらしく、明石が驚いたように目を見開く。

「きみが一緒だったのか」

「はい。私がもっとしっかりしていれば、あんな結果にはならなかったんじゃないかと後悔しています」

「無駄だ。きみにはあいつの心の闇《やみ》を理解することなんて、できない。何度やり直しても結果は変わらないだろうから、気に病むな」

　フォローになっているのか微妙な発言だ。

「それより」と明石が話題を変えた。

「こんなところに来て大丈夫なのか。簑島と一緒だったのなら、きみには行確がついているんじゃないか」

　さすが元刑事だ。逮捕された時点での明石は風俗のスカウトマンだが、もともとは警視庁の刑事だったらしい。

「大丈夫です。撒《ま》いてきました」

「やるな」

　明石が愉快そうに肩を揺する。

「簑島さんは現在も逃走中です」

「できれば捜査本部より先に身柄を確保したいが、立ち回り先の見当すらつかない。この期《ご》に及んで初めて、簑島朗という人間をまったく知らないことに気づいて愕然《がくぜん》とし、ヒントを求め訪ねてきた……といったところか」

「その通りです」

恐ろしいほどの洞察に背筋が冷たくなる。

「簑島だって、ここに茶飲み話をしにきていたわけじゃない」

「わかっています。ですが、明石さんなら言葉以外の部分で、なにか感じるところがあったのではないかと思いました」

「買いかぶりだ。おれは超能力者じゃない」

そう言いながらも、考えてくれているようだ。腕組みをして一点を見つめている。

「ストラングラーの候補が七人にまで絞り込まれました」

明石は顔を上げたものの、表情の変化はない。希望ならこれまでに散々抱いて、そのたびに打ち砕かれてきたのかもしれない。

加奈子は絞り込みの経緯について話した。

「そうか」

「簑島さんの逃走と、関係あると思われますか」

「あると思っているんだな？」

逆に問いかけられ、加奈子は頷《うなず》いた。

「簑島さんはストラングラーを逮捕するのではなく、私刑に処そうとしているのではないかと思いました」

それが加奈子の導き出した答えだった。かりにストラングラーの正体を暴き、逮捕することができたとしても、公判だけで相当な時間がかかる。間違いなく死刑判決が出るだろうが、執行がいつになるかは、誰にも予想ができない。それまで連続殺人鬼を生き永らえさせることになる。はたしてそれが、じゅうぶんな報復、復讐《ふくしゅう》と言えるだろうか。

否――それが加奈子の考えだった。

葛城を殺害した簑島は、自分の罪から逃れようとしたわけではない。罪を犯してしまった結果を受け入れたからこそ、復讐の鬼になろうと決めたのではないか。生ぬるい法の裁きではなく、暴力による制裁で、十四年にわたる苦悩に終止符を打とうとしている。

明石が静かに息を吐く。

「かもしれないな。まさか警察から逃げ切れるとは、簑島も考えていないだろう。きみの推理のほうがすっきりと納得できる。だがもし本当にそうであれば、おれには歓迎できない」

なぜですか、と質問を口に出そうとした瞬間、気づいた。

「ストラングラーを殺してしまったら、明石さんの無実が証明できなくなる」

「そういうことだ。簑島にとっては、おれの無実を証明するよりも、恋人の無念を晴らすほうが重要なのかもしれないが」

話の途中から、加奈子はかぶりを振っていた。

「違う。明石さんの無実を証明できるのに、あえて私怨《しえん》を優先するのは、簑島さんらしくない」

「きみに見えていた簑島朗像が正しいのかは、わからないぞ」

「おっしゃる通りです。私は簑島さんのすべてを知りません。けれど一部だけなら知っています。簑島さんを追うためには、彼についてもっと正確に理解する必要がある。そう考えたから、ここに来たんです」

「その人選が正しいとは思えないが」

「私の知る中ではベストな人選です」

ふっ、と小さな笑みが返ってくる。

「ストラングラーの候補が七人にまで絞られたと言ったな」

「有吉さんと久慈さんの推理が正しければ、という前提ですが」

「きみはどうだ。その推理は合っていると思っているのか」

難しい質問だ。答えるまでに時間がかかった。

「筋は通っていると思います。ですが、推理が正しいかどうかまでは確信が持てません。私自身にそうであって欲しいという願望があるからです」

「だろうな。おれだってそうだ。どうしたって人間は希望にすがってしまう。おそらく、簑島も同じだろう。つまり推理が実際に正しいかどうかはともかく、簑島は七人の中にストラングラーがいるという確信のもとに動いている」

加奈子は頷いた。だからこそ、簑島の目的はストラングラーへの私刑ではないかと考えた。

　だがそこからが違った。

「暗中模索の状況から考えれば著しい進展には違いないが、それでもまだ七人いる。七人全員を殺すつもりでもなければ、そこから一人に絞り込むための調査が必要になる。簑島にはそれができない」

　その通りだった。簑島はいまや指名手配犯だ。そんな人間が捜査一課の同僚を調査するのは不可能に近い。だからこそ、なんのために逃亡を続けているのか不可解だった。

　明石はそこで口を噤《つぐ》んだ。感情のない瞳《ひとみ》が、じっとこちらを見つめている。

　いまので終わり？

　なんの結論も出ていないのに。

　そう思った瞬間、閃《ひらめ》きが弾《はじ》けて声を上げそうになる。

「この……状況ですか」

　明石が唇の片端を持ち上げる。

「おそらくな。簑島はおれを引きずり出すために、逃亡を続けている。正体不明のストラングラーを私刑に処するため、というよりは、よほど筋が通る。クソみたいな自己犠牲の精神が、やつらしいと言えばやつらしい」

　まさか、そんなわけ……。

　頭の中で否定しようとしているのに、全身がぞわりと粟立《あわだ》った。

ストラングラーの候補は残り七人。あと一歩のように思えるが、実際には、絞り込み作業は難航が予想される。すぐれた推理力と洞察力を持ったブレーンが求められる。いまこそ、明石の力が必要なタイミングだった。

しかし明石は無実の証明を諦《あきら》め、協力者たちとの面会を拒むようになっていた。自らの過ちを悔いて刑罰を甘受する覚悟を決めた明石には、ストラングラーの候補が七人に絞られたという新事実も朗報にはならない。面会を拒み続けたに違いない。

だが簑島が危機に瀕《ひん》していると知ったら——。

「信じられないか」

明石の言葉で我に返った。死刑囚は含み笑いを湛《たた》え、こちらを見つめている。

「驚きました。でも、言われてみれば、そうかもしれない」

加奈子たちは簑島を捜索するために明石を頼る。現職警察官が殺人を犯して逃亡中というニュースは大きく報じられているから、明石の耳に入る可能性が高い。それまで面会を拒絶していた明石も、簑島のために面会を受け入れる。そこで加奈子は状況を伝える。その中には当然ながら、ストラングラーの候補が七人にまで絞られたという新情報も含まれている。無実の証明を放棄した明石にとっては無意味な情報だが、簑島が危機に瀕しているとなれば話は別だ。

つまり。

「簑島さんは、私たちに明石さんの力を借りてストラングラーを見つけ出せと?」

「あくまで憶測に過ぎないが」そういう明石の口調からは、言葉とは裏腹な確信が滲《にじ》み出ていた。

「そのために人を殺したとは思わない。やつは心を病んでいたせいで、自分を制御できなくなっていた。それが葛城を殺した理由だ。しかし直後に、我に返ったんだろう。やってしまったことは取り消せない。おとなしく逮捕され、罪を償うことだって考えたに違いない。だがストラングラーの正体まで、あと一歩に迫っている現状がある。だから逃亡という選択をした。けれどその目的は、自らが動き回ってストラングラーを特定することでも、ストラングラーを私刑に処することでもない。おれを動かすことだ」

すべての疑問が、すとんと腑《ふ》に落ちた。簑島はあてもなく逃亡しているわけではない。明石を動かすために身を隠している。

「ということは、私たちは簑島さんを捜すより、ストラングラーの絞り込みに注力するべきですね」

「いずれにせよ宛《あ》てはないんだろう？　おれだってやつの行きつけの飯屋なんか知らないぞ」

からかうような明石の口調だった。

「わかりました」

とはいえ、これからどう動くべきか。ストラングラーの候補に残った七人は、いずれも捜査一課の猛者《もさ》たちだ。碓井や望月もいるとはいえ、太刀打ちできるだろうか。

　すると、明石が切り出した。

「リストを制作したのは、捜査一課の人間だと言ったな」

「はい。伊武さん銃撃事件の専従捜査員です」

「伊武の事件か」

　整った顔が苦々しげに歪《ゆが》む。そういえば明石が逮捕されたきっかけは、伊武の不正工作が原因だった。

　伊武が子飼いのチンピラに命じ、明石に喧嘩《けんか》をふっかけさせた。明石の家宅捜索が行われた根拠は、そのときの暴行傷害容疑だった。

「そいつらと手を組め。同じ捜一所属なんだから、リストに掲載された連中のことも調べやすいだろう」

「危険です。彼らは簑島さんがストラングラーじゃないかと疑い始めています。情報が漏れる恐れがあります」

「漏らせばいい」

　虚を突かれた顔をする加奈子に、明石は言った。

「危険は承知の上だろう。こちらからなにもアクションを起こさなければ、ストラングラーは準備万端、計画を整えて犯行を続ける。大事なのは、計画を狂わせることだ。不測の事態に対応しようとするときに焦りが生まれ、思わぬ証拠を残してしまうものだ」

　もっとも、と明石が前のめりになる。

「リスクをとることで誰かの身が危険に晒《さら》されたり、下手したら命を落とすこともある。だがそもそも、おれに手を貸した時点でそんなことは覚悟していると思っていたが」

その通りだった。とくに加奈子の場合は、誘われたわけでも命令されたわけでもないのに、ストラングラーの捜査に首を突っ込んだ。平穏無事に過ごしたければ、なにもしなければよかったのだ。

「わかりました」

「きみはどう思っている」

明石がなにを問うているのか理解できずに、首をかしげる。

「疑わないのか、簑島がストラングラーかもしれないと」

「もしかしたら……と、少しだけ思いました」

「思いました、なのか？　思っている、じゃなくて」

さすがに痛いところを突いてくる。

思っている。いまでも簑島がストラングラーかもしれないという疑念を捨てきれない。明石に会いに来たのは、だからこそでもあった。

加奈子は顔を上げる。

「明石さんはどう思われますか」

そんなわけがないと笑い飛ばして欲しかった。明石ならきっとそう言ってくれる。だってついさっき、簑島が逃亡したのは、ストラングラーの絞り込み作業に明石を参加させるのが目的だという推理を、披露したばかりなのだから。

だが。

「わからない」

明石は冷徹に告げた。

加奈子はなにか言おうとするが、言葉が出てこない。

沈黙の後、明石が話し始める。

「人間は主観から逃れられない。そして、どうしたって希望にすがってしまう。おれが接した簑島朗という人物像が偽りだったとは思いたくないし、いったん諦めはしたものの、心の奥では、まだ冤罪が成立して自由の身になる日が来るのを期待する自分がいる。ストラングラーの捜査におれを引きずり出すために逃亡しているという推理に、そうであって欲しいという願望が混ざっているのを、おれは否定できない。きみはおれのことを人間味に欠ける冷酷な男だと思っているかもしれないし、実際にそうだという自覚もあるが、それでもやはり、おれは人間なんだ……悲しいことにな」

明石が自嘲《じちょう》気味の笑みを漏らした。

「悲しいことじゃないと思います」

そう答えるのが精一杯だった。

とにかく、明石はストラングラーではないと信じ、そういう前提のもとで捜査を進めるしかなさそうだ。

「わかりました。有吉さんと久慈さんに連絡してみます。また、面会してもらえますか」

一瞬、躊躇《ちゅうちょ》するような間があったものの、明石は承諾した。

「わかった」

「では、失礼します」

加奈子が席を立とうとしたそのとき、「待ってくれ」と明石に呼び止められた。

「ストラングラーと関係ないことだが、面会ついでに一つ、頼まれて欲しいことがある」

明石から頼み事をされるなんて、出会ってから初めてのことだった。

2

東京拘置所を出た加奈子が向かったのは、六本木《ろっぽんぎ》だった。

六本木ヒルズの敷地内にあるオープンテラスのカフェ。一つ一つが距離を置いて並べられたパラソルの下のテーブルは、すべて埋まっている。どの客も高級ブランドでめかし込んでいて、安物のパンツスーツ姿の自分が浮き上がってしまいそうな雰囲気だ。

ひとしきりテーブルを見回し、スマートフォンを取り出した。これから会う予定の相手の顔を、加奈子は知らない。電話をかけようと思った。

そのとき、奥のほうのテーブルについたトレンチコートの女の顔が、こちらを向いているのに気づいた。スタイルの良い、モデルのような女だ。大きなサングラスをかけているので、その視線が自分を捉えているのかはわからない。

きょろきょろと周囲を見回し、近くに自分以外の人間がいないのを確認する。人違いではなさそうだ。女のほうに近づいていくと、間違いなく女の視線は加奈子を追っているようだった。

「あの……」

おそるおそる声をかける。女は組んでいた脚を組み替えた。

「矢吹さん？」

「そうです。明石仁美さんですか」

女は答えずに、座ってという感じに視線を動かした。明石仁美で間違いないらしい。

加奈子はテーブルを囲む四脚のうち、仁美の斜め向かいの椅子を引いた。

「はじめまして」

返事はない。

「こちらのほうにお住まいなんですか」

これにも反応せずに、仁美は片眉《かたまゆ》を歪めた怪訝《けげん》そうな顔で女刑事を見ていた。

なんだろう、この居心地の悪さは。敵意とは言わないまでも、明らかに警戒されている。

「あの、私は北馬込署の刑事で、碓井さんや望月くんと――」

話を遮られた。

「寝たの？」

「は？」

「朗くんと、寝た？」

仁美の口から出た「朗くん」が、簑島だと気づくのに時間がかかった。

いっきに顔が熱くなる。

「まさか……そんな関係では」

仁美は唇に人差し指をあててしばらく加奈子を観察していたが、「そう」やがて安心したようにテーブルのグラスに手を伸ばした。グラスに揺れる赤い液体は、ワインのようだ。昼間から酒を飲んでいるのか。優雅な身分だ。

黒いベスト姿の店員が注文を取りに来る。

「いえ。私は……」

いいですと言いかけたが、仁美から釘《くぎ》を刺された。

「まさかなにも飲まずに居座ろうってわけ？　そんな貧乏根性発揮されたら、私の面子《メンツ》が潰《つぶ》れるんだけど」

「じゃあ、コーヒー」

「この子にも同じものを」と声をかぶせられた。

「服務中ですので」

慌てて両手を振って遠慮したが、「それならもう帰ってくれない？」と言われては断れない。一杯だけ付き合うことにした。

やれやれ、と思う。明石さんはこんな人と結婚しているのか。

一瞬、同情がこみ上げたが、よく考えたら獄中結婚なので、一緒に生活したことはないはずなのだ。

「なに？」

不機嫌そうに首をかしげられた。用件だけを済ませて早めに退散しよう。

「先ほど、明石さんと面会してきました」

ふうん、といかにも無関心な様子で聞き流す仁美の態度は、とても明石の妻とは思えない。

「で、なに？」

「離婚届……送ってくれ、ということです」

仁美がグラスを持ち上げ、揺れる赤い液体を見つめながら言う。

「またバツついちゃった」

「別れたくないのであれば、ご自身で面会に行かれたらどうですか」

余計なことだと思いつつ、ついお節介を発揮してしまう。

このところ訪問者との面会を拒んでいた明石だったが、仁美は面会にすら訪れていなかったらしい。「そろそろおれに飽きたんだろう」と笑う明石は、珍しく寂しげに見えた。

加奈子を一瞥《いちべつ》した仁美が、嘲笑《あざわら》うように鼻を鳴らす。

「なんで私が面会に行かないといけないの」

「なんで……？」

そんな質問を予想すらしていなかったので、石になってしまう。

「別れたくないなんて言ってない。明石にも、もう飽きちゃったし」

店員が注文の品を運んでくる。

仕事中にワインなんて飲んでいいのだろうかと思うが、いっさい口をつけずに席を立つのも失礼だ。遠慮がちに一口舐《な》めてみると、あまりの美味《おい》しさに目を見張った。

加奈子の反応に気を良くしたらしく、仁美が満足そうな笑みを浮かべる。

「意地を張らずに飲んだらいいのよ。あなたのお給料じゃ、手が出ない代物なんだから」

むっとした。本当に嫌な女だ。

仁美が身を乗り出してくる。

「ねえ。ところで、朗くんは捕まりそうなの」

「守秘義務があるので、捜査情報はお教えできません」

捜査の進捗《しんちょく》など、いち所轄署員の自分には知るよしもないが、知らないと認めたくなかった。仁美が不服そうに唇をすぼめる。

「別にいいけどね、望月くんに訊《き》くから」

「望月くんには話していません」

「嘘《うそ》だ」

「嘘じゃありません。望月くんも碓井さんも、警察外部の人間です。すべての情報を共有するわけではありません」

しばらく加奈子を見つめていたサングラス越しの目が、意地悪っぽく細められた。

「本当は知らないんだ」

下手に反論するとボロが出そうなので、言葉を呑《の》み込んだ。

仁美がグラスをテーブルに置く。

「教えてくれたっていいじゃない。明石の冤罪を成立させるために、これまでどれだけの金額を支援してきたと思うの」

金持ちと結婚離婚を繰り返すことで手に入れた金じゃないか。

思ったが、言わない。仁美が莫大《ばくだい》な金額を投じたのは事実らしい。

「今後も協力してくれるつもりなんですか」

「金を出すなら情報提供するって?」

「考えます」

ふっ、と仁美が笑った。

「一生かかっても使い切れないほどの資産を、私がどうやって手にしたか、知ってるわよね」

「なんとなく聞いてはいます」

「卑しい女だと思ったでしょう」

答えない。

仁美は沈黙を勝手に解釈したようだ。

「わかってる。みんな、そういう反応をするの。金目当てに男に近づく、下劣な女だって。だけど、お金って大事じゃない？　お金があれば心に余裕が生まれるし、人にあげればそれはやさしさや誠意や、場合にはよっては正義感の強さを測る指標になりえる。あなただっていま、私がお金を出すかどうかで態度を変えるって言ったわよね。お金なら出せるわよ。十万でも百万でも、一千万でも。腐るほど持ってるんだもの。でもここで私がお金を出したからって、社会正義に燃える崇高《すうこう》な理念を抱えた女ってことにはならない。だって、腐るほど持ってるだけなんだもの。誰かに分け与えたって痛くもかゆくもない」

「酔ってるんですか」

こころなしか、仁美の頰が紅《あか》い。

「ええ。酔ってる。酔わないとやってられない。でもいくら酔っても、満たされないの」

ふうっと淡い息を吐いて、仁美は続けた。

「私、貧乏な家の出でね。父親は早くに亡くなったんだけど、母親が男に寄りかかっていないと生きていられないような弱い人で、やさしくしてくるスナックの客と付き合っては別れを繰り返していた。男ができると上機嫌になるんだけど、家にも帰ってこなくなる。男と別れると家にいるけど、ずっと不機嫌でちょっとしたことで癇癪《かんしゃく》を起こす。どっちにしろ最低でしょ？　だから私は、強くなろうと決めた。男に振り回されるんじゃなく、男を利用する女になろうと思った。その結果がいま。お金で手に入るもので、欲しいものはぜーんぶ手に入れた。軽蔑《けいべつ》するかもしれないけど、私は私なりにプライドを持って生きてきた」

でもね、と仁美がグラスを持ち上げる。

「思ったほど満たされないのよ。お金持ちにさえなれば、心配事がぜんぶなくなって、楽しいだけの人生になるって思っていたのに。ぜんぜん楽しくないの。のんべんだらりと毎日が続いていくように思えてきて、私の人生には刺激が足りないんだと気づいた。だから東京拘置所の明石に手紙を書いて、会いに行って、結婚した。無実を訴える死刑囚を献身的に支える妻になれば、きっと刺激的な毎日が待っていると期待した。実際、最初のうちは楽しかった。だもやっぱり、だんだん飽きてきちゃったの。だって明石って、冷酷無比なモンスターのようでいて、ただの繊細な人なの。繊細すぎて酒に溺《おぼ》れて、あんなことになっちゃっただけ。人間の底が見えちゃったら、つまらないじゃない」

「そうでしょうか」

「そうよ。わからないからこそ惹《ひ》かれるの。明石は運悪く濡《ぬ》れ衣《ぎぬ》を着せられて死刑判決を受けただけの、普通の人」

「仁美さんは、明石さんが無実だと？」

「たぶんね。感情的になって暴力を振るうことはあるかもしれないけど、人殺し自体を楽しめる人じゃない」

「それなら、無実を証明してあげたらいいじゃないですか」

「だから言ってるじゃない」と、仁美がグラスに口をつける。

「私は刺激が欲しかっただけ。明石が無実かどうかに関心はない。飽きちゃったの」

「明石さんがかわいそう」

つとめて平静を装ってきたが、つい嫌悪感が漏れ出した。

それなのに仁美は褒められたかのように、微笑で肩をすくめる。

「明石だって了解している。夫婦とはいえ、私たちの間に最初から愛情はない。それでも彼にとって、それなりにメリットを提供してきたと思うけど。ただ、私はもう興味がなくなったから、明石の無実を証明したいのなら、後はやりたい人だけでやればいい」

そんなことより、といたずらっぽく肩をすくめた仁美の眼《め》が光った気がした。

「朗くんよ。やっぱり彼は、私の思った通りの人だった」

意味がわからずに、加奈子は眉をひそめる。

「最初に会ったときから、そこはかとない狂気を秘めた人だと思っていたの。無害な人間を装っているけど、一皮むけば恐ろしいほどの残虐さが隠れている。だからこそ、懸命に常識人のふりをしている人だと感じた。川崎でレイプ犯を殺して逃げたというニュースを見たとき、ゾクゾクしたわ。私が求めていた刺激を与えてくれるのは明石じゃなくて、この人だったんだと確信した」

どこか陶然とした仁美の話しぶりに、加奈子は自分の顔がはっきりと歪むのがわかった。

もはや感情を抑えきれない。同時に、この女は簑島の秘めたる狂気に最初から気づいていたのかという驚きもあった。

この女の言うことは本当だろうか。簑島の本性は、平気で殺人を犯すような残虐な人間なのか。

「私、思うんだけど」

仁美が脚を組み替えながら、顔を近づけてくる。加奈子は無意識に仰《の》け反《ぞ》り、仁美から距離を取ろうとしていた。

「もしかしたら、朗くんじゃないの」

そこからさらに顔を近づけ、加奈子に耳打ちする。

「ストラングラー」

弾かれたように顔を上げると、仁美はかすかに唇の端を持ち上げた。二人だけで秘密を共有しようとするかのような、意味深な微笑だった。

「違います」

「どうして断言できるの」

「簑島さんは、恋人を殺されているんです」

「殺されたんじゃなくて、殺したのかもしれない。悲劇のヒーローを演じながら、次々殺人に手を染めていく。自分が陥れて罪を着せた明石にも、協力者を装って面会を繰り返す。もしそうだったら、最高じゃない」

「最低です」

加奈子は立ち上がり、仁美を見下ろした。女優かモデルのように整った顔貌《がんぼう》が、これほど醜悪に映るとは。

仁美はサングラスを外した。綺麗《きれい》な二重まぶたと長い睫毛《まつげ》に縁取られた瞳が、冷酷な光を湛えて加奈子を見つめている。

てらてらと艶《つや》を放つ唇が、おもむろに開いた。

「あなたがどうしてそんなにむきになるか、わかる？」

先ほどまでとは同一人物と思えない、冷たい声音だった。「そうかもしれないって、自分が思っているから」

そんなことは指摘されるまでもなくわかっていた。わかっても、あらためて指摘されると胸の奥に沈み込むような感覚があった。

この女――。

おそらくぜんぶわかった上で発言している。目の前の女刑事がどんな思いを抱いているのか、どう言えば相手を傷つけられるのか、すべて理解した上で、あえて加奈子を傷つけようとしている。

「あ、あなたに……」応戦しても意味がないとわかっていても、言わずにはおれなかった。

「あなたに足りないのは、刺激じゃありません。愛情です」

仁美の表情に変化はない。

加奈子はグラスのワインをいっき飲みし、口もとを拭《ぬぐ》う。

「明石さんからのメッセージはたしかに伝えました。用件は以上です」

失礼しますと頭を下げて仁美に背を向け、早足で遠ざかった。

3

指定された場所に行くと、ビルとビルの間に狭い路地があった。気をつけなければ素通りしてしまうような細い道には照明すらなく、すぐそばの昼のように明るいネオン街とは対照的な、深い暗闇が広がっている。

本当にこの道で大丈夫だろうかと不安になり、スマートフォンで住所を確認した。間違いない。加奈子はスマートフォンのライトで足もとを照らし、歩き出した。体格の良い男ならば両肩が壁につかえてしまいそうな道幅だ。

十メートルほど進むと、路上を二本の細い光が横切っているのに気づいた。左手に扉があり、そこから漏れた光のようだった。

扉を開き、中に入る。

小さな土間があって、サッシの引き戸があった。引き戸は上半分が磨《す》りガラスになっており、光の満ちた空間に数人の人影が浮かび上がっている。

引き戸を開くと、久慈と有吉がこちらを向いた。

「おう。来たか」

有吉が太い眉を持ち上げる。

久慈は加奈子を通り越して、加奈子の背後をうかがっているようだった。

「一人です」と加奈子は言った。「碓井さんと望月くんからは、五分ほど遅れると連絡がありました」

そう言ったそばから背後の扉が開き、望月と碓井が入ってきた。

「矢吹ちゃん。来てたんすか」

「ここ、わかりにくいな。何度か素通りしちまったぜ」

「それにしては早かったですね」

加奈子が言うと、碓井は得意げに肩をすくめた。

「駐車場見つからないかと思ったんだけど、ちょうどすぐそこのコインパーキングが――」

そこからは望月が引き継いだ。

「空いたんですよ。満車だったのに、おれたちが近づいたとたんに一台出てきて」

「引きが強いんだな」

そう言ったのは有吉だった。碓井と望月はどう反応すべきかという感じで互いの顔を見合わせた後、加奈子を見た。

「捜査一課の有吉さんです。あちらが久慈さん」

加奈子に紹介された二人が軽く会釈をする。

「碓井さんと望月くんです」

今度は碓井と望月を紹介した。

「お噂《うわさ》はかねがね」

久慈の意味深な発言に、碓井が皮肉っぽい笑みで応じる。

「良い噂ならいいけどな」

「とにかく入ってくれ」

加奈子たちは土間から室内に入り、引き戸を閉めた。

六畳ほどの狭い部屋の壁には、額装された絵がいくつも飾られている。作者はさまざまらしく、写実的だったり、抽象的だったりと、作品によってかなり作風が異なる。

「昼間はギャラリーとして使用されています。オーナーと懇意にしているので、極秘の会話がしたいときなど、お借りしているのです」

久慈が説明した。

「極秘の会話。どんな内容だかな。本部庁舎までそう遠くないのに」

碓井は壁にかかった絵画を見ながら言った。このあたりは住所でいえば銀座《ぎんざ》六丁目になる。電車で十分も走れば、警視庁本部庁舎のある桜田門だ。

「勘ぐるな。警察署に出向くのに抵抗がある人間だっているだろう」

有吉が不本意そうに顔を歪める。

「どうしたの、望月くん」

加奈子は訊いた。望月はしきりにスマートフォンを気にしていた。

「いや。仁美さんにLINE送っといたんですけど、既読になってないと思って」

昼間のことを思い出し、加奈子は複雑な気持ちになる。

「あの女はいつもそんなもんだろ」

碓井がひややかだった。

「前はこんなことなかったですよ」

「前から言ってんだろ。あの女にとっちゃ、すべてが暇つぶしなんだよ。明石のことなんか、もう興味なくなったんじゃないか」

「そんなわけないです」

「おまえさ、なにを根拠にそんなこと――」

久慈が会話に入ってくる。

「仁美さんというのは、明石の妻の？」

「さすがよく知ってるな」

碓井が自分の肩を揉《も》みながら頷いた。

「明石とは獄中結婚だったな。おまえらの活動に協力してるのか」と有吉。

「資金援助だ。金は出すが汗はかかない」

「彼女はたしか、資産家との結婚離婚を繰り返していましたね」

久慈が顎《あご》に手をあてる。

「そこまで調べてるなら、こちらから言うことはもうない。腹黒い女だ」

「お金を出してもらってるのに、そんな言い方することないじゃないですか」

いまにも泣き出しそうな望月に、加奈子は手を合わせた。

「ごめん。望月くん。私、今日のお昼に、彼女と喧嘩しちゃった。LINEをスルーされているのは、私のせいかも」

「えっ。そうなんですか?」

望月は目を丸くした。

「仁美に会ったのか」

碓井も意外そうだ。

「はい。明石さんから言付かった内容を伝えに」

「仁美さんは元気にしていましたか」

望月にとって、仁美はあくまで明石の無実を信じる献身的な妻なのだろう。

「元気だった」

「っていうか、明石はどうだった」

碓井が加奈子を見る。有明から小菅まで送ってもらった後、碓井と望月とは別行動を取っていた。面会時間はせいぜい十五分だが、手続きに時間がかかるので一日がかりになることも珍しくない。二人を待たせておくのは申し訳なかったのだ。

「相変わらずです」碓井に答えてから、加奈子は一同の顔を見回した。

「今日、こうして集まってもらったのは、有吉さんと久慈さんの協力を仰げという、明石さんの指示があったからです」

意外だったらしく、有吉と久慈が互いの顔を見合わせる。

それは碓井と望月も同じだったらしい。

「明石が？」

「マジですか？」

加奈子は一同に明石の推理を伝えた。

「なるほど。そういうことですか。さすが明石さん！　さすが簑島の旦那《だんな》！」

話を聞き終えると、望月は興奮気味に指を鳴らした。

「たしかに簑島が事件を起こす前は、明石は面会を拒否していた」

「ええ。あれだけ大きく報じられれば、拘置所の明石さんにも伝わる可能性が高い。簑島さんはそれを見越していたのではないかと」

加奈子の言葉に、望月がうわずった声でまくし立てる。

「面会をいっさい拒まれていたから、ストラングラーの候補が七人まで絞られたという話すら届けられませんでしたもんね。簑島の旦那が人を殺して逃げてるなんて知ったら明石さんだって気になるだろうし、詳しい情報を知りたいから面会を受け入れる」

「明石に面会を受け入れさせるために、人を殺したっていうのか」

疑わしげに目を細める有吉に、加奈子は言った。

「葛城殺害までの簑島さんは、自分を見失った状態でした。明石さんの話では、おそらく葛城を殺してしまった時点で我に返ったのだろうということでした。そして瞬時に、最善の方策を考えた。その結果が、現場からの逃走だった」

「にわかには信じがたいですね」

久慈が長い息をつく。

「私たちにとっては、簑島さんが現場から逃走したことのほうが信じがたいです。かりに衝動的に逃げ出してしまったとしても、いまだに逃げ続けているなんて簑島さんらしくありません。警察官だからということもありますが、自らの犯した罪の重さから目を背けられる人じゃないと思うからです」

「そうっすよ。ずっと逃げ回りながら生きていけるなんて考えるほど、簑島の旦那はバカじゃない」

「人を殺す時点でバカだ」

有吉から嫌悪感たっぷりに吐き捨てられ、望月がなにかを言い返そうとする。

が、碓井が望月の肩に手を置いた。

「簑島さんはバカなことをしでかした。それは間違いない。だが自分がバカなことをしでかしたと気づかないでいられるほど、バカじゃない。少なくともおれたちの知る簑島朗は、そういう男だ」

「あなたたちに見せる顔が、すべてとは限らないと思いますが」

久慈が加奈子たちの顔を見回す。

「その通りです」と、加奈子は素直に認めた。

「あれからいろいろ考えました。簑島さんが人を殺す瞬間をこの目で見た以上、簑島さんはそんな人じゃないなんて、口が裂けても言えません。そんなことができる人だとも思っていませんでした。だから、簑島さんがストラングラーかもしれないという疑いも、胸を張って否定することはできません。認めます。私は心のどこかで、簑島さんがストラングラーかもしれないと、いまでも疑っています。そうであって欲しくないと願いつつ、そうかもしれないという疑念を捨てきれない」

「矢吹ちゃん……」

情けない声を出す望月を、加奈子は見た。

「まず認めなきゃいけないと思う。私たちの目的は真相の解明であって、事実を仲間にとって都合の良いように解釈することじゃない。そんなことをしていたら真実が歪んでしまう」

「その通りかもしれないな」と、碓井が一歩前に出た。

「おれは真実を歪めてまで、明石を自由の身にしたいわけじゃない。明石が犯人という確証を得たら、手を引くつもりだった。それと同じで、無条件で簑島さんを信じるつもりもない。人を殺して逃げ回ってるんだから、余罪を疑われるのは当然だ。それまで執着していたストラングラー事件の真犯人かもしれないっていう指摘も、むべなるかなだ。言われてみれば、たしかに怪しい。そしてその疑いを強固に否定できるほど、おれはあの人と信頼関係を築けていない」

「碓井さんまで、そんな……」

望月の声が湿っている。

「望月くん、誤解しないで。私も碓井さんも、簑島さんをストラングラーにしたいわけじゃない。ストラングラーである可能性を最初から否定することで、自分の目にフィルターがかかってしまうことを恐れている。私たちが疑おうが疑うまいが、真実は揺るがない。その真実を見極めたいと願っているだけ。望月くんだって、かりに簑島さんがストラングラーだったとしたら、捕まって罪を償うべきだと思うでしょう」

「簑島の旦那はストラングラーじゃない」

「かりにの話。かりにそうだったとしたら、それでも望月くんは、簑島さんが罰せられるべきではないと思っているの」

「それは……もしストラングラーなら、捕まえないといけないと思いますけど、簑島の旦那は違う」

「感情論ではなくて、それを確認するべきだと思う。疑いさえ晴れれば、こうやって疑心暗鬼になる必要はないんだから」

加奈子は有吉と久慈を見た。

「お聞きの通りです。私たちではどうしても個人的な感情が邪魔をしてしまって、客観的な視点が持てません。ですからお二人の力をお借りしたいと考えました」

　有吉が決断を求めるように、久慈を見る。

　久慈が軽く唇を曲げた。

「殊勝な心がけです。具体的にどういう協力を希望なさるのですか」

「リストに掲載された七人から、ストラングラーを絞り込むための情報提供です」

「おいおい。簑島を捕まえるためっていうのに、リスト云々《うんぬん》の話だなんて。これまでの流れと違うんじゃないか」

　有吉がやや語気を強めて抗議した。

「違いません。七人の中にストラングラーがいないとはっきりすれば、簑島さんがストラングラーである可能性がより強まります」

「おれらのことをコケにするつもりか。舌先三寸で丸め込んで良いように利用しようったって、そうはいかないぞ」

「そんな意図はありません。現状、行方をくらませている簑島さんについて調べるすべがない以上、外濠《そとぼり》から埋めていくべきだと提案しているだけです」

「ああ言えばこう言うだな。いい加減に――」

　前のめりになる有吉を制するように、久慈が手を上げた。

「一理あります。彼女たちが潜在的な簑島への疑念を認めたように、私たちも簑島がストラングラーという結論ありきで考えるのはやめるべきです」

有吉が納得いかなそうに久慈を見上げる。だが久慈は相棒と視線を合わせない。

加奈子は久慈のほうに語りかけた。

「どのみち、多くの捜査員が簑島さんの足取りを追っています。捜査本部を出し抜いて身柄を確保するのは、現実的ではありません。そもそもお二人が捜査本部より先に簑島さんに接触したいのは、簑島さんがストラングラーかもしれないと疑っているからですよね。現役の刑事が死刑囚に面会を繰り返しているのに気づきながら、その行動を看過してしまった。それどころか、ストラングラーとして疑わしい人物のリストまで制作して協力してしまった。簑島さんがストラングラーだったら、とんでもない大失態です」

「うっせえ」と悪態をつく有吉とは対照的に、久慈は「その通りです」と頷いた。

「私たちもあなたがたと同じです。簑島がストラングラーであってほしくないと願っています。その理由はあなたがたと違って、保身ですが」

久慈の自嘲するような息が漏れる。

加奈子は言った。

「無理して簑島さんを追ったところで、頭数で上回る捜査本部に先んじるのは難しい。そして万に一つ先んじたところで、結果は変わらないんです。簑島さんがストラングラーであったなら、お二人は彼に協力した責任を問われます。もちろん、私も同じです。それとも、簑島さんの口を封じようとされていましたか？　それなら話は別ですが」

「そんなわけ……」

有吉が言いよどみ、久慈が意味深な笑みを浮かべる。どうやらそういう選択肢も存在したらしい。

「ようするにリストの七人の中にストラングラーがいるとわかれば、慌てて簑島を追いかける必要もなくなる……ってことか」

碓井の言葉に頷き、加奈子は二人を見た。

唇を曲げて考えていた有吉が、横目で久慈を見る。当初の印象通り、作戦決定の権限は久慈が握っているようだ。

久慈が口を開いた。

「一つ、確認しておきますが」

「なんでしょう」

「簑島の居所に、本当に心当たりはないのですか」

「いい加減しつこくないですか」

不満そうな望月を一顧だにせず、久慈が続けた。

「あなたたちが知らないのは承知しています。ですが、矢吹さん、きみは明石に面会したのですよね」

「明石さんが簑島さんの居所を知っていると？」

「拘置所にいる上、それまで面会すら拒んでいた明石に、簑島の所在をつかむことができないのは承知しています。ですが簑島の行動から意図を推察したように、簑島の居所を推察することもできたのではありませんか」

「おいおい。いくら明石だって、そんなことできるわけが――」

手を振って笑う碓井に、加奈子は声をかぶせた。

「ありえます」

碓井と望月が弾かれたようにこちらを見た。

加奈子は言う。

「明石さんと面会して、彼の推理を聞いて、驚かされました。同時に、やはり私たちよりよほど簑島さんのことを理解しているのだと、あらためて気づかされました。私が考えていた以上に、二人の間には精神的な強い結びつきが生まれている。だからこそあんな推理に至るのだろうし、その推理が正しいと信じることもできるのでしょう。もしかしたら簑島さんの真意だけでなく、居所の想像もついたのではないかと、私も考えました。だけど、あの明石陽一郎です。会話の駆け引きでこちらの要求を通せる相手ではありません。ひとまずは、彼の指示に従うしかないと思いました」

「それなら、明石は嘘をついてるかもしれないってことじゃ――」

有吉はまだ突っかかってくるが、久慈は違った。

「わかりました。協力しましょう」

「なんで！」

有吉が信じられないという顔をする。

「現実問題として、明石から意に染まない話を引き出すのは不可能です。なにを話して、なにを話さないか、決定権は彼にある。重要なのは、あなたがたがその現状を包み隠さずに報告してくれることです。いまの矢吹さんの話を聞いて、信頼に足る相手だと判断しました」

「こいつがどこまで本当のことを話しているのか、わからないじゃないか」

有吉に顎をしゃくられた。

「だとしても、いまのところ我々の利害は一致しています。彼女たちの目的はストラングラーの正体を突き止めること。私たちの目的は、明石がストラングラーかどうか、確認することです」

なおも不本意そうだったが、有吉は久慈に従うことにしたようだ。不機嫌そうにそっぽを向いた。

「商談成立ってところか」

碓井がにやりと笑う。

「具体的には、なにをすればいいのでしょう」

久慈が加奈子を見る。

「情報の検索と提供です」加奈子はスマートフォンにストラングラーの候補者リストを表示させた。

「この七人の絞り込み条件は、四か月前に発生した世田谷《せたがや》区用賀《ようが》のストーカー殺人の捜査本部に参加していた、三十代以上の捜査一課員、でしたよね」

「そうです」

「さらに絞り込むために、ストラングラーの犯行とされる一連の事件発生時のアリバイを調べてください」

「そんなのどうやって調べる。事件当時なにをしていましたかって、本人に訊くのか」

有吉が口をへの字にした。

「いいえ。事件発生時、どこかの捜査本部に駆り出されていたかを調べて欲しいんです」

「捜査本部に参加していれば相棒とともに行動するし、寝泊まりも所轄署なので、よほど綿密な工作をしないと犯行は難しい」

久慈が加奈子を見た。

「そうです。犯行にはデリヘル店に指名の連絡を入れ、ラブホテルにチェックインして女性の到着を待たねばなりません。それなりの時間も手間もかかります」

寝る間もないほどの多忙の合間を縫って犯行に及んだとは、現実的に考えづらい。

「怪しい人物が浮かび上がったら、実際の調査は私たち——というか、碓井さんと望月さんに動いてもらうことになると思いますが」

「そういうことなら任せておけ」

碓井が自分の胸をこぶしでぽんと叩《たた》き、望月は「得意分野っす」と頷いた。

「なにが得意分野だ。こっちは本職だっての」

冷笑を漏らす有吉を諌《いさ》めたのは、なんと久慈だった。

「本職であっても、私たちが直接同僚を調査するのはリスクが高い。面が割れてるし、怪しい動きをすればすぐに悟られます」

「わかってるさ」

有吉は相棒の変節が少し不本意そうだ。

久慈が加奈子を見る。

「なにか進展があったら連絡します」

「ありがとうございます」

「ですから」と、語気を強めた。「そちらのほうもなにかあったら知らせてください。私たちの信頼が裏切られることはないよう、期待しています」

久慈の視線が加奈子から碓井、望月へと移動する。

冷たい視線に晒された望月が、ごくりと生唾《なまつば》を呑み込んだ。

4

「どういうつもりなの」

男が着席するなり、明石仁美は詰問した。

アクリル板を挟んだ数十センチ先で、戸籍上の夫が不思議そうに首をかしげている。

「久しぶりに会ったというのに、ご挨拶《あいさつ》だな」

「とぼけないでちょうだい」

「だからなんの話だ」

「あの女、矢吹とかいう刑事」

「ああ」と、ようやく思い出したという顔をする。「きみと連絡が取れないから、伝言を頼んだ。伝わったかな」

仁美はため息を吐《つ》いた。

「あなたがあんな未練がましいことをする人だとは、思っていなかった」

「未練？　どうやらきちんと伝わっていないようだな。おれは離婚届を送ってくれと、伝言を頼んだんだが。どうやらきみの気持ちが離れていると感じたので、自由にしてあげようと思っただけじゃないか」

「それが……」

それが未練がましいって言うの。喉《のど》もとまでこみ上げた言葉を飲み下す。

「これ以上失望させないで」

ふっと明石が笑いを漏らした。

「すまなかったな」

「別にいいんだけど。こっちが勝手に期待を押しつけただけだし」

ぞくぞくするような刺激を求めていた。背中を見せれば襲われるような緊張感を期待した。虫も殺さないような涼しげな仮面の内側に、血に飢えた残虐な本性が隠されていると想像した。

だが違った。知れば知るほど、明石陽一郎は感情豊かな等身大の男に過ぎなかった。

「あの女に言われたわ。私に足りないのは刺激じゃなくて愛情だって」

明石が気遣わしげに目を細める。

「そいつは残酷な発言だ。愛情を抱くこと自体できない人間がいるということを、彼女は知らないようだ」

「あなたも衝突するのがわかっていて、あの女を私のもとに寄越《よこ》した」

「そいつはどうかな」

唇の片端を持ち上げるいたずらっぽい笑みが、答えになっていた。

「なぜ私を呼んだの」

「呼んでいない。きみが自主的に面会に来た」

「呼んだでしょう。離婚届を送ってくれなんて伝言を、あんな真《ま》っ直《す》ぐな性格の女に託して、私と衝突させた。ぜんぶあなたの計算通りになっている」

二度とこの場所を訪れるつもりはなかった。わざわざ離婚なんてしなくとも、仁美の自由は制限されない。好きなときに好きな場所を訪れ、やりたいことをやる。欲しいものはすべて手に入れられる経済力があるし、寝てみたい男をものにする魅力もある。結婚しているからといって、なにかを我慢する必要などなかった。放《ほう》っておいてもいずれ明石の刑は執行され、自分は未亡人になる。そのときに籍を抜けばいい話だった。

「それでも、きみは自分の意思でここに来た」

明石は嬉《うれ》しそうに目を細める。この愛《いと》おしげな表情が気に食わない。四人の風俗嬢の首を絞め、殺人を楽しんだ明石陽一郎には、こんな顔をしてほしくなかった。自分と同じ人種だと思っていたのだ。

「もういい。用件を言って。まさか本当に、私にかまってほしかっただけなんて言わないでよね」

「少し痩《や》せたか」

「なんなの、いったい」

無意識に舌打ちしていた。

「妻の身体《からだ》を案じている」

「夫婦ごっこはやめて。私たちの間に愛情はない。最初からそういう約束だった」

仁美が最初にここを訪れたとき、明石には数人の自称支援者がいた。死刑制度に反対する人権派の弁護士や功名心のかたまりのような雑誌記者、いかれた犯罪マニアや、犯罪者に欲情するハイブリストフィリアたちだ。明石は彼らを利用し、自らの無実を立証しようともがいていた。

——結婚してあげましょうか。

仁美がそう申し出た背景には、それをすることで、ほかの取り巻きから一歩抜きん出られるという計算があった。ただの犯罪性愛者だと思われないよう自身の経済力というメリットを強調した。最初から取引としての結婚であり、愛情など存在しなかった。

それなのに。

仁美は苛立《いらだ》ちながらアクリル板越しの夫を睨《にら》む。てっきり自分と同じ人種だとばかり思っていた明石からは、面会を重ねるごとに親愛が滲《にじ》み出るようになっていた。他人に愛情を抱くことのできない仁美にとって、それは大きな負担だった。誰かに愛情を注がれると、返さなければいけない。しかし仁美には、それができない。愛情という概念は理解しても、体験したことがないからだった。

違う。私が求めていたのはこんなものじゃない。明石と向き合うたびに、自分の異常さを思い知らされる気がした。

いまもそうだ。冷血漢だと思っていた夫から、体調を気にかけられている。うわべの言葉だけならかまわない。仁美だって相手を喜ばせたり、自分をよく見せる言葉で場を取り繕うことは多い。というか、それしかなかった。

しかし、いまの明石の言葉からは温度を感じる。自分にはないものを見せつけられている気がして、劣等感を刺激される。

「すまなかった」

明石が頬《ほお》の片側だけを持ち上げる不自然な笑みを見せた。「おれには飽きたかもしれないが、簑島にはまだ興味があるだろう」

「なにそれ」

「あの男の危うさこそ、きみの求めていたものじゃないか」

「勘弁してよ」と、仁美は蠅《はえ》を追い払うように手を振った。「夫婦ごっこはやめてって言ったじゃない。朗くんとは寝ていない」

「それでも興味はある」

「だったらどうなの。妻たるもの貞淑であれとでも言いたいわけ？　一度たりとも、私に手を触れたことのない夫のくせに」

「よかった。おれには飽きたが、簑島にはまだ興味があるんだな」

意外な展開に虚を突かれる。

「なにが言いたいの」

「簑島が殺人を犯して逃亡中というのは？」

「もちろん知っている」

ニュースを見たとき、見込んだ通りの男だったと思った。あれほど危険な匂《にお》いのする男はいない。あれこそ本物の怪物だ。もっと強引に迫って関係を結んでおくべきだったと後悔した。

「簑島を捜してほしい」

すぐには反応できなかった。

「なに言ってるの。彼はいま指名手配されているの。全国の警察官が彼を追っている」

それなのによく見つからないなと、自分で言いながら思った。あの男、やはりただ者ではない。

「簑島自身も警察官だ。捜査員がどのあたりを捜索するか、よくわかっているんだろう。だからいまだにやつを捕まえられていない」

「なのに私には、見つけられるの」

そう考えているのなら、買いかぶりもいいところだ。興味はあるが、知らない。

「おれと組めばな。おれにはすぐれた洞察力と推理力が、きみには、人を雇えるだけの経済力と、男を惑わせて意のままに操れる性的な魅力がある」

「それが自分の妻にたいする台詞《せりふ》なの」

「おれたちの間に愛情はないし、実際にきみは、人を雇って簑島たちの捜査を妨害したことがある」

きゅっと胃が持ち上がったが、開き直った。

「悪い？」

「世間の感覚では、悪い、とされている。一歩間違えば大量殺戮《さつりく》が起こっていた。だがおれは責めない。きみは欲望に忠実なだけだ」

「懐の深い理解者になったつもりなの」

「違う。きみと取引するリスクは承知している」

とにかく、と明石が顔の前で両手を重ねる。

「きみの周囲には、手足のように動かせる人間が……男が何人かいるはずだ。そいつらを簑島捜索に利用させて欲しい」

面会室にしばし沈黙がおりる。

やがて仁美は口を開いた。

「本当に見つけられるんでしょうね」

「一〇〇％の保証はできない。だが少なくとも、おれは警察よりも簑島朗という人間を知っている」

仁美は組んでいた脚を解き、前のめりになった。明石も同じ姿勢なので、出会ってからもっとも顔と顔が接近した。

「この板さえなければ、キスぐらいできたのにな」

ふいの軽口に笑ってしまう。

「朗くんとはキスしたわ」

「だろうな。でもそれ以上にはなれなかった。だからきみは、余計に簑島に執着するんだ。追えば逃げ、追われれば冷める。厄介なもんだよな」

図星を突かれ、ぴくりと眉が持ち上がる。

「いいから早く聞かせて」

人差し指をくいくいと曲げて催促すると、明石がおもむろに話し始めた。

第三章

1

アクリル板越しに腰を下ろす明石の様子を見ながら、加奈子は頬《ほお》を緩めた。

「どうした」

明石が無愛想に訊《たず》ねてくる。

「またこうして話せるようになったんだな……って」

面会を拒絶されるようになったときには、諦《あきら》めかけた。真犯人を突き止めたところで、明石は連続殺人鬼の汚名を着せられたまま死ぬのだと絶望した。

無実を証明しようという本人の意志がないと前に進まない。このまま刑が執行され、明石は連続殺人鬼の汚名を着せられたまま死ぬのだと絶望した。

明石はつまらなそうに鼻を鳴らした。

「そんなことで喜ばれても困る。お天道様《てんとうさま》の下でアクリル板なしに会えたなら、さすがのおれも感慨深いだろうが」

「そうなるように頑張ります」

「早くしてくれ。明日には吊《つる》されるかもしれない身の上だ」

ブラックすぎる冗談を吐いて、明石がカウンターの上で両手を重ねる。

「どんな案配だ」

「明石さんの指示通り、有吉さんと久慈さんに協力を要請しました。リストに掲載された七人の調査をしてくれています」

「進展はあったのか」

「七人のうち、神保弘樹、佐藤学、福岡大志の三人がリストから消えました」

「どうやって」

「彼ら三人は福村乙葉の事件が発生した時点で、現場から遠く離れた特別捜査本部に招集されていました。捜査本部を抜け出して犯行に及び、捜査本部に舞い戻るのは不可能と思われます」

明石はこぶしを口にあてた。

「残る候補は四人か……」

「中原浩一、稲垣貞信、徳江雅尚、平井貴。ただ、今後の調査でより絞り込める可能性があります」

前回明石に面会してから、三日が経過していた。

三日前は七人。それがいまでは四人。ついにここまで迫ったという興奮で、自然と声が高くなる。

だが。

「どうしました？」

加奈子は首をかしげた。明石はこぶしを口にあて、神妙な顔で一点を見つめている。

「いや……なんでもない。ほかに絞り込みの条件がないか、考えていた」

「現状、候補に残った四人を、碓井さんと望月くんが調査してくれています」

二人で四人だから、べったり張り付くことはできない。それでも明らかに不審な行動を取るかもしれないし、万が一、新たな犯行に及ぼうとしたら未然に防げる可能性もある。これまでに比べて安心感は桁違《けたちが》いだ。

「そうか。それはよかった。ただリストが完璧《かんぺき》かどうかわからないし、なにより、簑島がストラングラーである可能性が消えたわけじゃない」

「わかっています」

加奈子は表情を引き締めた。

ところでと、話題を変える。

「仁美さんに会ってきました」

「聞いた」

明石がなにかを思い出したように、小さく噴き出した。

「聞いたということは……」

もしかして。

「一昨日《おととい》、仁美が会いに来た」

か。

やはり。

気まずい別れ方をしたので気になっていたが、加奈子の本気が仁美に伝わったのだろうか。

「あなたに足りないのは刺激じゃなくて愛情だって言われたと、文句を言っていた」

「すみませんでした。つい……」

思い出すと顔が熱くなる。夫婦間の問題に首を突っ込むなんて、お節介が過ぎた。

「いや。かまわない。想定内だ」

「えっ？」

引っかかる表現だったが、詳しく話すつもりはないらしい。

「おかげで久しぶりに、妻の顔を見ることができた。礼を言っておく。ありがとう」

「いいえ。離婚の件は、どういう話になったんですか」

明石がすっきりした表情なので、もしかしたら離婚の話はなくなったかと思ったのだが、

「結論は変わらない。だが最後に妻と会って話ができて、心の整理がついた。きみには感謝している」

「意外です」

「なにがだ」

「最後に直接会って話がしたいだなんて、普通の夫婦みたいなので」

「愛情なんていっさい介在しない。損得勘定だけの契約のはずじゃないかって？」

自嘲《じちょう》するような笑みが返ってきた。

「そういうわけでは……」

「かまわない。仁美がそう言ったんだろう」

はい、と認めるのははばかられた。

「最初はそのつもりだった。結婚していれば面会しやすくなる。仁美を通すことで望月や碓井との連絡がスムーズになるし、あの女の経済力も魅力だ。退屈な日常に刺激を求める仁美を利用してやろうと、そう思っていた。だが一つ、大きな誤算があった」

「誤算って、なんですか」

「おれにとっては仁美が世界で唯一の女なのに、仁美にとってはそうじゃない……ってことだ。おっと、こんなことをきみに言うのは、失礼になるのかな」

「いいえ。そんなことはないです」

この場合の「女」とは、性的な対象という意味だろう。加奈子は明石陽一郎という人間に興味を抱いているし、ある種の引力を感じているが、恋愛感情はない。

「頭ではわかっている。単純接触効果で相手への好意が増しているだけだ。仁美という女の内面に惹《ひ》かれているわけではないってな。だが理解しているのと、感じるのは違う」

明石が自分の胸に手をあてた。

「わかります」

加奈子の同情を嫌うように、明石が皮肉屋の表情を取り戻す。

「くだらない話をしてしまったな」

「そんなことありません」と口にした後で、言い直す。

「くだらなくていいんです。くだらないことに一喜一憂するのが人間だし、それができるのが人間らしさだと思います」

「カウンセラーみたいだな」

明石と笑い合い、面会室の硬い空気が少しだけ緩んだ気がした。

そのときだった。

「あっ」突如弾《はじ》けた閃《ひらめ》きに、加奈子は目を見開いた。

「どうした」

「ちょっと思い出したことがあるので、今日はこれで失礼します」

椅子《いす》を引いて背を向けたとき、明石の声が追ってくる。

「またな」

振り返ると、明石はなにも言葉を発していないかのような無表情だった。

「ええ、また」

加奈子はそう言って、面会室の扉を引いた。

2

『おとわ心のクリニック』は文京区《ぶんきょう》の閑静な住宅街にある。看板がなければそうとわからないような、赤い屋根のかわいらしい洋風の一戸建てだ。

診察時間は午前九時から正午までと、午後二時から五時半まで。東京拘置所のある小菅から向かい、ちょうどお昼休みの時間に到着できた。

門扉に取り付けられたインターフォンの呼び鈴を鳴らすと、「はい」と怪訝《けげん》そうな女の声が返ってくる。自己紹介をして、冴島千明《さえじまちあき》先生と約束していると伝えた。

ほどなく玄関の扉が開き、白衣の女が顔を出した。丸顔でなんでも受け入れてくれそうな包容力を感じさせる彼女が、父親と同じ心療内科医の道を歩んだと聞いたとき、やっぱりなと納得したものだった。

「加奈子。久しぶり」

「ごめん。急に連絡して」

「別にいいよ。そろそろ加奈子の顔見たいなって思ってたし」

冴島千明と加奈子は、中学時代からの親友だった。とはいえ同じ学校だったことはなく、出会いは進学塾だ。妙にウマが合い、知り合ってから十年以上が経《た》った現在でも、ときおり食事をする関係が続いている。

千明に招き入れられ、クリニックに足を踏み入れる。

病院というより、お洒落《しやれ》なカフェという雰囲気だった。考えてみれば、建物の前まで来たことはあっても、中に入るのは初めてだ。

カウンセリングルームも、加奈子の持つ病院のイメージとはかけ離れていた。丸太の壁は本物ではなく壁紙のようだが、板敷きの床にラグマットが敷かれ、その上にソファが置かれていて、どこかの別荘のようなあたたかな雰囲気だった。

「ラベンダー？」

ソファに腰を沈めながら、加奈子は鼻をくんくんとさせる。この部屋に入ったときから、心地よい香りが漂っていた。

「そう。患者さんにリラックスしてもらうために、アロマ焚《た》いてるの」

やはりなにもかもが、普通の病院とは違う。

「お昼、食べながらでいい？」

「もちろん。ごめんね、休憩時間に」

「かまわないけど、加奈子のぶんはないからね」

「わかってる」

千明がいそいそと取り出したのは、コンビニの白い買い物袋だった。菓子パンとペットボトルのお茶を取り出し、ソファの横のミニテーブルに並べる。

「そこはコンビニご飯なんだ」

お洒落な空間とのギャップに笑ってしまう。

「このパン、美味《おい》しいんだよ。最近ハマってて」

千明は包装を破り、パンをむしゃむしゃと食べ始めた。

「それで、どうしたの、今日は」

「うん」

親友に仕事の話など、ほとんどしたことがない。加奈子は無意識に背筋を伸ばしていた。

「川崎で刑事が人を殺して逃げている……っていう事件を知ってる？」

「知ってる」即答だった。

「殺された人が、どこかの会社の社長の孫かなにかで、性犯罪で何度も逮捕されているのに不起訴になっていたってやつでしょう。だから、ネットでは犯人の味方する人が多いよね。それだけのことをしてきたやつなんだから、殺されて当然だ、よくやった……みたいな感じで。もちろん、性犯罪を繰り返す男は許せないし、どうして何度逮捕されても不起訴になるのか不可解だけど、人を殺してよくやった、なんて、ちょっと怖いよね」

話を聞きながら、少し期待しすぎたかもしれないと、加奈子は思った。さすがに逃亡中の身でクリニックを受診するなんて、ありえないか。

「実は逃亡中の犯人、知っている人で」

一瞬、千明が動きを止めた。

「まあ、そっか。同じ警察官だもんね」

「ある事件の捜査本部でペアを組んだこともあって、わりと仲が良いんだ」

「そう、なの……」

親友の態度が、急にぎこちなくなった。どういう関係性か見えない以上、下手なリアクションはできないと思ったのだろう。

「それでね、その犯人——簔島さんっていうんだけど、簔島さんが心を病んでいるみたいだったから、ここを薦めたことがあったんだ」

「そうだったの」

千明が目を見開いた。

「うん。本人は医者にかかるのを嫌がっていたけど、ほら、こういうメンタル系のお医者さんにかかっているとなると、変な目で見る人もいるじゃない」

「心が傷ついたり壊れたりして身体《からだ》に変調を来すなんて誰にでもありえるし、隠すようなことではないけれど、世間の偏見は根強いものね」

「私たちみたいな仕事だと、それが原因で捜査から外されたりすることもあるから、嫌だったみたいで。だから、ここならぜったい安心だし、信頼もできるしって」

お茶のペットボトルに口をつけた後で、千明が言う。

「そういうことか。犯人がうちを訪ねてきたんじゃないかと思ったのね」

「うん。でもさすがにそれはないか」

ちらりと上目遣いで訊《き》き直す。「ないよね？」

「ない。うちを受診していたら、みだりに患者さんの情報を漏らしたりできないけど、本当にない」

「そっか。そうだよね」

加奈子は懐から簑島の写真を取り出した。

「いちおう、渡しておく。もしもこの人が受診してきたら連絡ちょうだい」

「わかった」

千明は受け取った写真をまじまじと見つめた。やがて顔を上げる。

「心を病んでいたって、どんな症状が出ていたの。もちろん、個人的な問題だから言いたくなければかまわないんだけど、加奈子、その人のこと嫌いじゃないよね？　もしかしたら力になれるかもしれない」

「うん。ありがとう」

親友の気持ちは嬉《うれ》しいが、他人の心の問題を打ち明けていいものだろうか。しばらく葛《かっ》藤《とう》があったものの、なんらかのヒントが見つかるかもしれないと思い直した。

「幻覚が見えるらしいの」

「幻覚？　なんの？」

千明が手にしていた菓子パンをミニテーブルに置き、話を聞く体勢になる。

「死んだ先輩の」

「先輩って、警察官ってこと？」

「うん」

「見えるだけじゃなくて、声も聞こえるの？」

千明が自分の耳を指さした。

加奈子は簑島との会話を反芻《はんすう》する。

「わからない。声が聞こえるとは、言っていなかった。でもつねにその存在を感じていて、支配されていく感覚があると言っていた」

「支配？」

親友は医師の顔つきになっていた。

加奈子は頷《うなず》く。

「無意識に行動していたり、記憶を失ったりすることもあるって」

「ほかには？」

懸命に記憶を辿《たど》った。

「そのうち自分がなにか取り返しのつかないことをしてしまうかもしれないと、すごく怯《おび》えていた。そうなったときに止めて欲しいと言われたの」

──おれが明石の冤罪《えんざい》成立を妨げるような行動をとったら、容赦なく排除して欲しいし、罪を犯したら遠慮なく手錠をかけて欲しい。

簑島はそう言った。

無力感がこみ上げ、唇を噛《か》む。簑島はサインを出し、救いを求めていた。それなのになにもしてやれなかった。

　千明は口もとに手をあて、しばらく考えているようだった。

「実際に診てみないと正確な診断はできないけど、話を聞く限りだと解離性同一性障害のように思える」

「解離性同一性障害？」

「一人の人間に複数の人格が入れ替わって現れ、自我の同一性が損なわれる疾患。一般的に言う二重人格とか多重人格とか、そんな感じ」

　理解はできるが実感が薄い。簑島の中に、複数の人格が宿っているというのか。

「原因についてははっきりわかっていない部分が多いのだけど、強い心的外傷から自我を守るために、代替人格を作り出していると考えられている。だから患者の多くは、幼児期に虐待を受けている。簑島さんから生い立ちを聞かされたことは？」

「ない。それほど親しいわけじゃないし」

　簑島と交際していると誤解されていたのかもしれない。千明の顔に安堵《あんど》が浮かぶ。

「なにかショックな出来事があったのかもしれないわね」

「それは最近のことでも？」

「幼児期に虐待を受けている患者が多いというだけで、大人になってからのつらい経験が引き金になることもありえる」

　そういうことなら心当たりがありすぎる。簑島は大学時代に恋人を殺され、兄のように慕っていた先輩刑事に裏切られ、その先輩刑事も、目の前で銃殺された。自分が簑島の立場だったとしても、まともでいられたとは思えない。

「イマジナリーフレンドって言葉、知ってる？」

千明が訊いた。

「聞いたことはある」

「幼児期に見られる現象で、想像上の友人が実在すると思い込んでしまうことだけど、加奈子の話を聞く限り、簑島さんの見た幻覚というのは、このイマジナリーフレンドに近いものだと思う」

「そうなの？」

「あくまで話を聞いただけの印象だけど」と前置きし、千明が続ける。

「つねにその存在を感じている相手に支配されるというのなら、その可能性はある。イマジナリーフレンドがなんらかの強いストレスにより、交代人格化している」

千明が身を乗り出し、神妙な顔つきになった。

「簑島さんは殺人を犯したとき、簑島さんじゃなかったんじゃないの」

加奈子も考えた可能性だった。

「そういうことってありえるの」

「今回のケースがそうだと断定はできないけど、可能性としてはある」

「いわゆる心神喪失ってことよね」

加奈子の問いに、千明は頷いた。

「もしもそういう判断が下れば、簑島さんが罪に問われることはない」

加奈子はしばらく、呆然《ぼうぜん》としていた。

「どうしたの」と、千明の言葉で我に返る。

「ううん。なんだか複雑だと思って。私にとって簑島さんは大事な存在だから、罰せられないことへの喜びは、正直ある。だけど、あの人が殺人を犯したことは、紛れもない事実だから。ほかの人格がやったとしても、あの人の肉体がやったのは間違いない。私が被害者の遺族なら、そんな説明じゃ到底納得できない。犯人には当時、別の人格が宿ってました、だからまったく覚えていないので罰しません、だなんて」

それまで接した簑島の人柄、殺された葛城陸の所業のせいで、殺人という罪の重さが自分の中で歪《ゆが》んでしまっている。強い違和感が、加奈子にはあった。

「一つ、補足しておくと」と、千明が口を開く。

「別人格だからといって、記憶が共有されないわけではない。基本的には別々なんだけど、交代人格の意思で記憶の引き継ぎが行われる場合がある」

「簑島さんには殺人の記憶があるってこと？」

「即座に記憶の引き継ぎが行われていれば、記憶が残っている。それこそ、交代人格がやったという認識すらなく、自分の身体が勝手に動いたという程度の感覚の可能性もある。そうでなければ、いまは記憶が戻らずに、わけもわからないまま逃亡していることになる。

人間の脳って本当に不思議で、かなり時間が経《た》ってから突然記憶の引き継ぎが起こることもありえる。数日、あるいは数週間後にふいに記憶の引き継ぎが行われ、主人格が混乱してしまうこともあるの。その場合はちょっと怖いかな」

「なんで……？」

加奈子は質問しながら、すでに漠然《ばくぜん》とした恐怖に包まれている。

「だって考えてもみて。それまではなんとなくしか、自分の罪と向き合うことができていない。状況から考えて、自分がやったと想像される。だからやったのだろう。その程度の認識しかないの。それなのに突然、交代人格の気まぐれで生々しい記憶が押し寄せてくる。自分の肉体が犯した罪と、強制的に向き合わされる。そもそも解離性同一性障害になるほど強い心的外傷を受けて傷ついていた自我にとって、自分が壊れるほどのストレスになりかねない。最悪の場合、自己嫌悪に苛《さいな》まれて命を絶つことも考えられる。時限爆弾を抱えているようなもの」

親友の説明は理屈として理解できても、壮絶すぎて想像が追いつかない。とにかく簑島が危険な状況であることだけはわかる。

まさか、もう――。

そんなはずがない。明石の推理通り、簑島はどこかに潜伏しながら、加奈子たちがストラングラーを絞り込むのを待っている。とはいえ、明石の推理が正しい根拠はどこにもない。唯一あるとすれば、そうであってほしいという加奈子自身の願望だった。

『おとわ心のクリニック』を後にして、駅への道のりを歩く。

ふと、後方に気配を感じて振り向くと、スーツを着た男の肩が、曲がり角に消えるところだった。視線を感じて身を隠したようにも感じる。

加奈子は踵《きびす》を返して走り出し、男が消えた曲がり角を曲がる。

前方にスーツ姿の男の背中が見えた。

駆け寄って肩をつかむ。

ぎょっとして振り返った男は、真っ青な顔をしていた。

「な、なんですか」

髪を茶色に染めた、二十代なかばくらいの若い男。明らかに敵でも味方でもない、無関係の市民だ。

「すみません。人違いです」

「勘弁してくれよ」

男は加奈子につかまれたあたりを手で払いながら、去っていった。

3

有吉がトイレで用を足していると、隣に並んでくる人影があった。

「お疲れさまです」

挨拶《あいさつ》すると、「お疲れ」と無愛想に返される。

平井貴。捜査一課所属の同僚で、いまだストラングラーの候補者リストに名前の残っている男だった。いつもながら、百九十センチ近い筋肉質な肉体には威圧感がある。

「なんだ」

平井は低い声を出した。

「いや、なんでもありません」

有吉はとっさに視線を正面に戻す。

有吉にとって、平井は二期上にあたる。所轄署時代にいびられた記憶があるので、印象はよくない先輩だった。

六台並んだ小便器を使っているのは、有吉と平井だけだった。それなのに平井は、わざわざ有吉の隣を選んだ。

「おまえさ」と、平井がぶっきらぼうな声を出す。

「なんかこそこそやってるみたいだな」

有吉は曖昧《あいまい》な顔で首を軽くかしげた。

「おれが伊武さんを撃ったと思ってるのか」

有吉と久慈は、伊武銃撃事件の専従捜査員だ。ストラングラーについても調べていると知る人間は、少なくとも捜査一課にはいない。

「まさか」

「ならなんで調べる」

「別に平井さんのことを調べてるわけじゃないですよ」

上下に身体を揺らしてスラックスのジッパーを上げ、洗面台に向かう。平井が図体《ずうたい》に似合わず繊細で、被害妄想が強く粘着質な性格なのは、嫌というほどわかっていた。この場はさっさと退散するに限る。

急いで手を洗っていると、背後に気配を感じた。仁王立ちになった平井が見下ろしているのが、洗面台の鏡に映る。

小便じゃなかったのかよ。

内心で顔をしかめながら水道の蛇口を閉め、尻ポケットからハンカチを取り出す。

「なんですか」

鏡越しに訊いた。

「余計なことはするな」

「だから余計なことって……」

言い終わらぬうちに、背後から腕で首を絞められた。そのまま引きずられ、出入り口からもっとも遠い個室に連れ込まれる。

「なに、する……」

声にならない。脚をバタバタさせてようやく逃れたと思ったら、顔をつかまれて壁に押しつけられた。

ゴツッと、タイルに後頭部を打ち付ける鈍い音が、頭蓋《ずがい》に響く。

「おれが伊武さんのことを殺すわけないだろう。あの人には散々世話になったんだ」

両手を振り回して懸命に抵抗し、ようやく解放された。

平井がこぶしを振り上げる素振りを見せたので、思わず自分の頭を手で覆う。

「なんなんですか、いったい」

「おれを疑うな」

「疑っていません」

「ならなんで嗅《か》ぎ回る」

「嗅ぎ回られたら困ることでもあるんですか」

「あるわけないだろ」

今度は胸ぐらをつかまれた。

「やめ……」

「おまえがやめろ。金輪際おれの周辺を嗅ぎ回らないと約束しろ」

顔に血液が集まるのを感じる。息ができない。平井の手を引き剝《は》がしながら声を絞り出した。

「い、嫌だね」

「なんだと、こら」

平井の眉《まゆ》が吊《つ》り上がり、般若《はんにゃ》の形相になる。

「こ、こんなことするってことは、なにか探られちゃまずい事情があるって自白してるようなもんじゃないか」

「そんなものはない」

「だったら堂々としてろよ」

「きさま」

有吉の胸ぐらをつかむ手が、首に移動した。両手で首を絞めながら持ち上げられる。懸命に抵抗したが、足の爪先《つまさき》が床から離れた。視界の端に、白い靄《もや》がかかる。靄は次第にその面積を広げ、視界全体を侵食する。

有吉の意識が薄れかけた、そのときだった。

「なにをしているのですか」

遠くに久慈の声が聞こえ、首を絞める力が緩んだ。

有吉は両足を地面についたが、立っていられずに尻餅《しりもち》をついてしまう。

白んだ視界に目を凝らすと、個室の外に久慈が立っていた。

「警察官とは思えない行動ですね。いったいなにをなさっていたんですか」

「なんも」

平井はスラックスの腿《もも》の部分を、ぱんぱんと手で叩《はた》く。

「なにもしていなくて、こんな状態にはならないと思いますが」

久慈に顎《あご》でしゃくられた。

「おまえらが悪いんだろうが。身内を疑うような真似《まね》をしやがって」

「無駄に疑う必要がないよう、調べただけです」

「調べたこと自体は否定しないんだな」

「調べられただけでここまで激昂《げきこう》するのなら、それなりの理由があると解釈せざるをえませんが」

「なんもねえよ。ただおまえらの卑怯な真似に、腹が立っただけだ」

「トイレで後輩を脅すのは、卑怯ではないとお考えですか」

「おまえも痛い目に遭いたいようだな」

平井が手の平に反対のこぶしを打ち付ける。ぱしん、と乾いた音が反響した。

久慈が小さく笑みを漏らす。

「信じられませんね。こんな粗暴な人間に捜査権が与えられているなんて」

「なんだと」

平井が久慈につかみかかった。

と思ったら、次の瞬間には久慈が平井の腕を取り、後ろ手にひねり上げていた。

「痛たたたた……！」

「警察官たるもの、市民の範となる振る舞いを心がけていただきたいものです」

久慈が突き飛ばすように、平井を解放する。

平井がどんな顔でトイレを出て行ったのか、個室で便座に腕を置いて座り込む有吉にはわからなかった。

久慈が歩み寄ってくる。

「立てますか」

「畜生。あの野郎」

助け起こしてくれるのかと思いきや、有吉が差し伸べた手はむなしく空をつかむだけだった。

「立てるなら自力で立ってください。そんなところに座り込んだ人間には、直接触れたくありません」

「潔癖症かよ」

悪態をつきながら立ち上がる。

「それにしても情けない」

「おれがか。それとも、平井がか」

「両方です」

辛辣《しんらつ》な意見に思わず苦笑した。

「しかし平井のやつ、あんな大胆な行動に出るってことは、あいつがストラングラーだろうか」

首を絞めるときの血走った眼《め》は異様な輝きを放っており、常人のものとは思えなかった。懸命に抵抗しながら、追い込まれたストラングラーがついに尻尾《しっぽ》を出したと思った。

だが久慈の意見は異なるようだ。

「いくらなんでも大胆すぎます。あんなに感情的になって短絡的な行動に走る男が、捜査から逃れながらいくつもの殺人を完遂したとは、到底思えない。たんに後輩に身辺を探られたことが気に入らなかっただけではないでしょうか」

「たったそれだけでここまでするか。おまえが止めに入らなかったら、どうなっていたか」

首に食い込む指の感触が、まだ残っている。

「どうなっていたのですか」

久慈が言った。「私が来なければ、そのまま殺されていたのですか。そのガタイだから、てっきりそれなりに腕っぷしに自信があると思っていたのですが」

脳が動き出すまでに時間がかかった。

「バカにするな。あんなやつに負けるわけがない。おまえはおれを助けたつもりかもしれないが、余計なお世話だ」

久慈が軽く口角を持ち上げる。

「それでいい」

刃物でめった刺しにされた平井の遺体が発見されたのは、翌朝のことだった。

4

加奈子が銀座の路地裏にあるギャラリーの扉を開くと、すでに全員が顔を揃《そろ》えていた。

「大変なことになったぞ」

挨拶もなしに、碓井が歩み寄ってくる。

「ええ」続く言葉が浮かばない。いったいなにがどうなっているのか。

「矢吹ちゃん、知ってるんすか」

望月がリーゼントの側頭部を撫《な》でながら訊いた。

「もちろん。平井貴が殺されたんでしょう」

事件が起こったのは昨晩のことらしい。平井が出勤してこないのを不審に思った同じ班の同僚が中央《ちゆうおう》区勝《かち》どき三丁目にある平井の自宅マンションを訪ねたところ、リビングで血まみれになって倒れている平井を発見した。すでに全身が死後硬直していたため、殺されてから八時間近くが経過していたとみられている。死亡推定時刻は午前一時から三時ごろだろう。

遺体は鋭利な刃物でめった刺しにされており、死因は大量出血による失血死。妻と離婚して一人暮らしだった平井に同居人はおらず、目撃者もいない。

「それだけか」

碓井に念を押され、言葉が喉につかえた。

「それだけって、どういう……？」

「マジで大変なことになってるんすよ。わけわかんないんだよな」

望月がしきりに首をひねる。

「なに？　なんの話をしているの」

すると奥のほうにいた、有吉が歩み寄ってきた。

「お疲れさまです」

加奈子の挨拶に軽く顎をしゃくって応じ、有吉は言う。

「平井の自宅近くのゴミ捨て場から、ポリ袋に入ったナイフが発見されたというのは？」

「知っています。刃の部分から平井の血液が検出されたので、凶器とみて間違いないんですよね」

「そうだ。なら、その凶器のナイフの柄から、簑島の指紋が検出されたというのは？」

頭が真っ白になった。

言葉が出てこずに、碓井と望月を見る。二人とも、さまざまな感情が入り交じったような、なんともいえない複雑な表情をしている。

「嘘《うそ》、ですよね？」

この状況で冗談を言うはずがない。けれど、とても受け入れられない。

平井を、簑島さんが殺した……？

なんの冗談だ。

「もう一つ、良い報《しら》せと悪い報せがあります」

そう言ったのは、一人離れた位置で腕組みしていた久慈だ。

「な……」なんですか、と口にするつもりが、言葉が出てこない。話を聞くのが怖い。

久慈は静かに顔を上げた。

「まず良い報せです。簑島の自宅のマットレスに付着していた血液は、簑島自身のものでした。ストラングラーの被害者のものではありません」

「簑島さんの……？」

他人のよりはよほどマシだが、マットレスに殺人が疑われるほどの血液の染みが付着しているのはどういう理由だ。自傷癖だろうか。

加奈子が疑問を解消する間もなく、久慈が続ける。

「そして悪い報せです。これを悪いと言っていいのかわかりませんが……」

珍しくもったいつけるような間があった。

「平井の自宅のクローゼットから、伊武さん殺害に使用されたとみられる拳銃《けんじゅう》と、何本かロープが発見されました。ロープからは複数人の血液や体液が検出され、どうやら福村乙葉と、ほかにもストラングラーの被害女性のＤＮＡが検出されたようです」

視界がぐらりと揺れた。

加奈子が声を取り戻す前に、有吉が口を開く。

「つまり、平井がストラングラーだった。同時に、簑島に平井を殺害する明確な動機が生まれる」

「驚いた」

碓井の呟《つぶや》きを最後に、ギャラリーに重苦しい沈黙が降りる。いつもは無条件に簑島の肩を持つ望月でさえ、弁護の言葉が見つからないようだ。

「簑島さんが、平井を？」

加奈子が口を開くまで、たっぷり三十秒ほどかかった。

「状況から、そう考えざるをえません」

久慈が軽く顎を引いた。

碓井が頰をかきながら言う。

「川崎の殺人現場から逃走したのは、明石にふたたび面会を受け入れさせ、おれたちにストラングラーを絞り込ませるなんて、まどろっこしい目的があったからじゃなかった。単純にストラングラーに復讐《ふくしゅう》するためだったんだ。簑島は感情を抑えきれずに、葛城を殺してしまった。そこで捕まってしまっては、あと一歩に迫ったストラングラーが遠ざかってしまう。だから逃げ出した。七人の中からストラングラーを特定し、自らの手で復讐するために」

「簑島の旦那《だんな》。どうして……」

望月は悄然《しょうぜん》と肩を落とし、自分の足もとを見つめている。

加奈子は顔を上げた。

「指名手配されて逃亡中の簑島さんが、一人でストラングラーの正体を割り出し、復讐を果たしたっていうんですか。いくら簑島さんでもそれは難しいのでは」

久慈が疑問に答える。

「たしかに、いまの簑島は普通に街を出歩くことすらできない状況にあります。そんな中でストラングラー候補七人――しかも全員が警察官という相手の身辺を調査し、ストラングラーだという確証をえるのは、かなり難しい……というより、不可能に近い。ですがそれは、彼がすべての情報をあなたたちに共有していた場合です。彼だけが握っている手がかりが存在したのかもしれません」

否定できないのが情けない。簑島がストラングラーではないかとまで疑った自分に、簑島がストラングラーにまつわる手がかりを、いっさい隠すことなく仲間たちに共有してくれていたと断言などできない。

望月がようやく、という感じで顔を上げた。

「平井っていう男がストラングラーだったとして、明石さんはどうなるんですか。平井が犯人なら、明石さんは自由の身ですよね」

簑島の犯行を否定できないまでも、せめてそれだけは勝ち取りたいという、悲壮な決意を感じさせる横顔だ。

有吉が気の毒そうにかぶりを振る。

「いま挙がっている物証は平井がストラングラーであり、伊武さん銃撃犯だと示すものだけだ。明石によるとされる十四年前の事件との関連を示すものはない。平井がストラングラーだったからって、即、明石の事件が冤罪とはならない」

「そんな！」望月は信じられないという顔をした。

「そんなバカなことがありますか！　ストラングラーの手口は、十四年前とまったく同じなんすよ！　だから伊武って刑事も撃たれたんでしょう！　十四年前の事件とここ一年に起こった事件がまったく別の犯人だとしたら、なんで伊武を殺す必要があったんですか！　おかしいじゃないですか！」

「あくまで状況証拠に過ぎません。物証がないと犯行は立証できないのです」

久慈の説明でも納得できないようだ。

「これからの捜査で、十四年前の犯行も平井の仕業だったと示すような、新たな物証が挙がる可能性はある」

有吉の慰めでは、望月の怒りを収められない。

「そんなもん、あるわけないだろ！　十四年前だぞ！　いまさらどんな物証が挙がるっていうんだ！」

「だからストラングラーを殺しちゃダメだったんだ」碓井がため息とともに言葉を吐き出す。

「簑島さんだってわかっていたはずだ。明石の無実を証明するために、新たな物証を見つけるのは難しい。だからストラングラーを捕まえて、余罪を告白させるしかない。じゅうぶんわかっていたはずなのに、殺した。明石を自由の身にすることより、自分の復讐を優先させた。なんてことをしてくれたんだって怒りもあるが、しかたがないという諦めもある。明石の死刑が確定してから八年が経過しているにもかかわらず、刑が執行されていない現状から、ストラングラーを逮捕したところで、長年生かし続けることになるのは想像がつく。もっとも、即、死刑執行なんてことをやっていたら明石だってすでにこの世にはいなくなっていて、ストラングラーの思う壺《つぼ》だったわけだが……とにかく、恋人の恨みを晴らしたい簑島さんにとって、逮捕は最良の結果にならない。それがわかっているから、平井を生け捕りにする選択肢はなかった」

「なんでだよ！　簑島の旦那！　なんで！」

望月が床をたんと踏みならした。

「でも、待ってください」と、加奈子は全員の顔を見回した。

「明石さんが逮捕されたきっかけは、家宅捜索で凶器のロープが発見されたことでした。でも、明石さんは心当たりがないと主張しています。その言葉を信じるなら、誰かが明石さんのアパートに侵入し、凶器を置いてきたことになります。今回も同じことが行われたと考えられませんか」

「それだ」と目を輝かせる望月は、あらゆる可能性にすがりたいようだ。

「そうっすよ。真犯人が平井にストラングラーの汚名を着せて殺したんです。さらに平井殺しの犯人を簑島の旦那ってことにすれば、一石二鳥じゃないっすか。十四年前、まんまと明石さんに罪を着せて自分はなりを潜めたように、今回も平井に罪を着せて事件の幕引きを図ろうとしている。まったく同じじゃないっすか。そうですよ。きっとそうに違いない」

瞑目《めいもく》して話を聞いていた久慈が、おもむろにまぶたを開く。

「凶器のナイフから検出された簑島の指紋については、どう説明するのですか」

「あ」と発したきり、望月が硬直する。

「あとは、簑島が警察に身柄を確保された場合、どうするのかって話だよな」

有吉が唇を曲げ、碓井が顎をかく。

「簑島さんが逮捕されるようなことがあれば、逃亡中の行動がすべて明らかになる。そうなれば、平井殺害のアリバイが成立する可能性も高い」

久慈が碓井の話を引き取った。

「私が真犯人の立場なら、簑島を消します。そうすれば被疑者死亡となって真相が明らかにされることもありません。ストラングラーである平井も殺害されたので、捜査の手が自分に及ぶ心配もなくなります。また殺人衝動を堪《こら》えられなくなる日まで、真犯人は平穏に過ごすことができます」

「殺人鬼のくせに平穏を求めるなんて虫の良い話だが、久慈さんの言う通りだな。逃亡中の簑島は、真犯人にとって爆弾だ。危険を排除するに越したことはない」

「私がどうにも納得いかないのは、簑島さんがいまだに逃走中だという点です」

加奈子は両手を広げ、力説する。

「かりに平井がストラングラーだとして、簑島さんが平井を殺したとします。だとしたら、簑島さんにはもう逃げ回る理由がありません」

「それもそうだ。ストラングラーに近づいた実感があったから、あのとき捕まるわけにはいかなかった。そこまでは理解できるが、復讐を果たしてなお、逃亡を続ける意味がない」

碓井の意見に、望月も賛成のようだ。

「おれの知っている簑島さんなら、潔く自首すると思います」

「きみの知る簑島なら、そもそも殺人は犯さないのではありませんか」

仲良しごっこに痛烈な一撃をお見舞いし、久慈は言った。

「しかし矢吹さんの意見には一理あります。ストラングラーに復讐を果たした簑島に、逃げ続けるメリットはない。自身が警察官でもある立場から、逃げおおせるなんて甘い考えも持っていないでしょう」

「富士《ふじ》の樹海にでも行ったんじゃないか」

有吉の不謹慎な意見に、望月が顔を真っ赤にして反駁《はんばく》した。

「ふざけんなよ！　そんなことするわけないだろうが！」

「どうしてそう言い切れる。簑島はすでに、おまえらの知る簑島じゃなかったんだろ」

望月は顔を歪めるしかできないようだ。

加奈子は素直に認めた。

「正直、その可能性もじゅうぶんに考慮しなければならないと思います。復讐を果たした殺人犯が自暴自棄になったり、罪の重さに後になって気づくなどして、自ら生命を絶つケースは少なくありません。裏を返せば、この後、どこかで自殺を装った簑島さんの死体が発見されたとしても、警察はそれほど不審に思わないということです」

「いずれにせよ、簑島の身柄の確保が急務……ということになりますね」

久慈の言葉に、加奈子は頷いた。

「これまで以上にその必要性が高まったと言えます」

「だがどうやって捕まえるよ。そもそも捜査本部以上のマンパワーも情報もない。おれたちが連中に先んじることなんて無理だ。かといって、捜査に参加させてくれなんて申し出るのも、不自然きわまりない」

有吉が頰をかく。

「一つ、提案があります」

久慈が加奈子を見た。

「なんでしょう」

「前回、明石が簑島の所在特定につながるような情報を隠している可能性がある、とおっしゃいましたね」

「はい」

簑島もそうだが、明石だって、腹の底でなにを考えているかわからない。無実を信じてはいるが、全幅の信頼を寄せられる相手ではない。

「その隠している情報を、引き出してもらえませんか」

加奈子は息を呑んだ。

「この前も問題になりましたが、面会における主導権は明石さんにあります。彼が面会を受け入れてくれないと話をすることもできないし、彼が話を打ち切りたいと思って席を立てば、引き留めることもできません」

「もちろん承知しています。ですが前回とは状況が大きく変わりました。もしも平井がストラングラーであれば、今後、明石の無実が証明されることはありません」

「明石さんは無実の証明を諦め、死を受け入れる覚悟をしていました。希望が潰《つい》えたら潰えたで、諦めるだけだと思います」

「だが簑島の身を案じてはいる。だからこそ、拒んでいた面会を受け入れたのでしょう。いまの明石のモチベーションは、簑島を救うことにある。簑島に危機が迫っている現状を伝えれば、彼の反応も変わってくるかもしれません」

しばらく検討して、加奈子は頷いた。

「わかりました。やってみます」

「よろしくお願いします。それでは、我々は先に出ます」

久慈と有吉が出て行く。

「簑島の旦那……」

三人残されたギャラリーに、望月のため息がやけに響いた。

5

「驚いたな」

席につくなり、明石が口火を切った。「二日前に殺された捜査一課の平井貴というのは、ストラングラー候補のうちの一人じゃなかったか」

珍しくアクリル板越しに高揚が伝わってくる。

「報道でご覧になったんですか」

加奈子は訊いた。

「そうだ」

「実は、まだ報道されていない事実があります」

「なんだ」

「平井の家のクローゼットから、ストラングラーの被害者たちのＤＮＡが付着したロープが発見されました」

さすがの明石も驚いたようだ。口を開きかけた状態で固まっている。

「あと、現場近くのゴミ捨て場から、ポリ袋に入れられた凶器のナイフが発見されています。ナイフの刃からは平井の血液が、ナイフの柄からは、簑島さんの指紋が検出されたようです」

「そうか」

　ようやく声を取り戻したようだ。

「こっちは驚かないんですか」

「驚いている」

　明石が頬を膨らませ、長い息を吐く。

「これらの状況から、逃亡中の簑島さんが、平井がストラングラーである確証をつかみ、殺害したという推理が成立します。近いうちにマスコミにも発表されるかと」

　束《つか》の間《ま》、面会室に沈黙が降りる。

　先に口を開いたのは、明石だった。

「きみはどう考えている。平井がストラングラーで、平井を殺したのは明石だと思うか」

「思いません」

「なぜだ」

「いくつか理由があります。まず一つ目は、警察から追われる身の簑島さんが、私たちに先んじてストラングラーを特定し、殺害に至るのは現実的に難しいという点です」

「たしかにそうだな。だが簑島が、知りえたすべての情報をきみたちと共有していたとは限らない」

「ええ。ストラングラーを特定する重要な手がかりを握りながら、私たちに伏せていた可能性もあります。そうなると、最初から明石さんを救う気などなかったことにもなりますが」

「それはしかたがない」明石が自嘲の笑みを漏らした。

「おれとやつは、利害こそ一致すれど、完全に目的を同じくしていたわけじゃない。おれは無実を証明し、娑婆《しゃば》に出たかった。やつは自分の恋人を殺した犯人に復讐したかった。もしやつがストラングラーの正体を突き止め、復讐したとしても、やつは自分のやるべきことをやっただけだ。次の理由を聞かせてもらおうか」

「簑島さんが現在も逃走していることです。葛城殺害の現場から逃げ出した簑島さんの目的は、ストラングラーだったはずです。十四年前恋人を殺した真犯人の候補を、あと七人というところまで絞り込めた。ここで捕まるわけにはいかないという一心で、逃げ出したのだと思います。それなのに、ストラングラーを殺して復讐を果たした後でも、逃亡を続ける意味がありません」

「それについては二点、反論がある」

「なんですか」

「一つ目、きみが簑島朗という人間を正確に把握できていたか疑問だということ。二つ目、逃亡しているのではなく、すでに死んでいる可能性もある」

りしません。明石さんが簑島さんを救おうとするのは、生への執着が残っているからです」

「救おうとしているんじゃない。暇つぶしに話を聞きたかっただけだ」

「それも嘘です」

言い終えてから肩をすくめた。「なんて言いましたけど、すべては私の願望です。簑島さんには明石さんを信じていてほしいし、明石さんにも簑島さんを信じていてほしい。それだけの話です」

しばらく加奈子を見つめていた明石が、おもむろに声を殺す。

「おれは人を殺していた。簑島からの信用なんてない」

「簑島さんは言ってました。自分は、他人の生命の価値を決められるようなたいそうな人間じゃない。そもそも他人が生きるべきか、死ぬべきかを決められる人間なんていない。だからこそ、現行法は厳格に運用されるべきだ。いま与えられている罰は、本来、明石さんが受けるべきものでない。自らの犯した罪においてのみ、裁かれるべきだ……って」

「やつらしい綺麗事《きれいごと》だ。そんな綺麗事ばかり言って意地を張るから、心が壊れてしまうんだ。憎いときにはとことん憎めばいい。大事な存在を亡くした人間にとって、誰かが決めた刑罰なんて関係ない」

「簑島さんが壊れるのがわかっているのに、引きずり込みましたね」

「そうだ。おれはやつを利用した。やつが壊れるのがわかっていながら、自らの無実を証明するのに利用しようとした」

「その責任を感じたからこそ、明石さんはいっさいの面会を拒絶するようになった。けれど、もう遅かった。簑島さんは殺人を犯してしまった。だからふたたび面会を受け入れた。簑島さんを止めるためです。明石さんはなにも諦めてはいません」

明石の感情のない目が、加奈子を捉え続ける。心の奥底まで見透かされそうな、茫漠《ぼうばく》とした目。加奈子は眉間《みけん》に力をこめ、視線を逸《そ》らさないように耐えた。

「手の内を明かしてもらえませんか」

「仁美に頼んで、簑島を捜させている」

総毛立つ感覚があった。

「仁美さんに、ですか」

「ああ。おれへの興味は薄れたようだが、簑島には、まだ興味津々みたいだったからな。仁美には有り余る金と、手足のように操れる取り巻きの男がいる。おれのヒントがあれば、警察より先に簑島を見つけられる」

「そのヒントを教えてもらえませんか」

「そこまでおれに訊かないとわからないのか」

突き放すような口調だった。

「これまで行動をともにしてきた間柄なら、わかるはずだ。よく考えろ。簑島はきみの信頼を裏切ったが、だからといってきみの見てきた簑島が、すべて偽りだったわけじゃない」

まるで禅問答だ。はぐらかすような物言いに苛立《いらだ》ってくるが、ヒントを与えられたにもかかわらず、答えにたどり着けない自分への苛立ちかもしれなかった。

「私の見てきた簑島さんは、生真面目で堅物で、真《ま》っ直《す》ぐすぎるほど真っ直ぐで、生きるのが下手くそな不器用な人でした」

「そうだ。きみの見立ては間違っていない。いや、おれの考える簑島像と一致するというべきか。そんな不器用な男が、これまで警察の追跡から逃れ続けている。なぜだ。どこに身を隠している」

普通に考えれば協力者にかくまわれている、とかだろうが、殺人を犯した刑事をかくまってくれるほど、信頼関係を築いている相手がいるようには思えない。

「東京を離れている……？」

明石の唇の端が、かすかに持ち上がった。

「意見が合うな。おれの見立てでは、簑島は東京近郊にいない。事件の起きた神奈川《かながわ》県警と警視庁管内の警察官で、簑島朗の顔が頭に入っていない者はいないだろう。ちょっと背格好が似ているだけでも、職質の対象になるような状況のはずだ。そんな厳戒態勢をくぐり抜け、七人の候補からストラングラーを絞り込み、襲撃するのは不可能に近い」

「だとすれば、どこに……」

出身地？　いや、それはない。両親との関係性はわからないが、いずれにせよ、自分の知る簔島なら両親や家族に迷惑がかかるのを嫌う。

「あ……」

無意識に声を漏らしていた。

「真生子さんの、田舎……?」

簔島が十四年もの間、ストラングラーに執着してきたのは、恋人を奪われたせいだ。彼にとって久保真生子ほど、思い入れの深い人間はいない。

「あの男が警察官になったのは、恋人の復讐のためじゃない。当時はおれが犯人ということになっていて、とっくに逮捕収監されていたからな。自分の恋人が殺されたことだけでなく、彼女が内緒で風俗嬢をやっていた現実を受け入れられず、詳細を知るために警察官になった。警察の捜査資料には、自分の知りえなかった恋人の姿が記されているかもしれないと考えて。おれと面会するようになったことで、簔島はふたたび過去と向き合わされるようになった。そして自分の中で巨大な存在になっている久保真生子という女を、まったく理解できていなかったと再認識させられた。やつの感傷的な性格を考えると、ストラングラーとの最終決戦を前にしてのけじめ、という視点もありうるが、東京を離れるとすれば、やつの行方はそこしか考えられない。警察もやつがまさか十四年前も前の事件にいまだ囚《とら》われているとは、考えもしないだろう。東京よりはよほど動き回りやすい」

「だけど、寝泊まりはどこで?　まさか真生子さんの実家というわけでは」

かぶりを振って遮られた。

「そんなわけがない。真生子さんと両親の関係はけっして良好ではなかった。簑島が頼るとも思えないし、法を犯してまで簑島を守るとも思えない」

「ならいったいどこに……」

「わからないのか。もっとよく考えろ。おまえの知る簑島の行動を思い出せ」

地縁はないはずなので知り合いもいない。ホテルや旅館などの宿泊施設には、手配書が行き渡っている。そんな中で誰にも気づかれずに寝泊まりするには……。

「野宿」と口にした瞬間、別のアイデアが浮かんだ。

「違う。アパートやマンションの空室だ！」

明石は反応しない。だがかすかな含み笑いの気配が、正解だと告げていた。

そうだ。現時点でストラングラー最後の被害者である福村乙葉は、アパートの空室で殺害されていた。それまでがすべてラブホテルだったのに、なぜ急に犯行現場が変わったのか。有吉と久慈はその点に着目し、ストラングラー候補を七人にまで絞り込んだ。

「簑島さんはストラングラーから、学んだ？」

加奈子はそう解釈したが、明石は少し違うようだった。

「おれはそうは思わない。簑島はストラングラーを、誘っている」

部屋の空気がきんと冷えた気がした。

「誘っている？」

「ああ。もしもおれの推理通りの場所に潜伏しているとすれば、簑島はストラングラーを誘い出そうとしている。通常の警察の捜査では、簑島の居場所を突き止めることは容易ではない。だが簑島の狂気を理解し、共鳴する人間ならば、その場所にたどり着ける。おれか、ストラングラーか」

身震いがした。このところは簑島にばかり意識が向いていたが、明石だってじゅうぶんに狂っている。狂っているからこそ簑島と通じ、ストラングラーとも共鳴している。

「仁美さんは、簑島さんのもとに？」

「おそらくな」

「簑島さんに接触して、どうするつもりですか」

「それは仁美が決めることだ」

加奈子は眉をひそめた。

「簑島さんを自首させるよう、仁美さんに伝えます」

「それは無理だ。かりに仁美が了承しても、簑島が応じない。やつにとって、苦悩に包まれた十四年を精算する機会だ。ストラングラーの正体を突き止めないうちは、自首することはない」

「それじゃ、なんのために仁美さんを簑島さんに接触させるんですか」

口を開きかけた明石に釘《くぎ》を刺す。

「はぐらかさずに、本当のことを言ってください」

眼差《まなざ》しに力をこめると、片頬だけを持ち上げる笑みが返ってきた。

「伝言を頼んだ」

「どんな？」

「ストラングラーを殺してもかまわない。おれはもう、ここから出なくていい」

視界が狭くなった。

「なんでそんなことを……」

「簑島に満足のいく結末を与えるためだ。やつはいま、ストラングラーを待ちながら葛藤している。ストラングラーを殺して復讐を果たすべきか、それとも、生け捕りにして過去の罪を自白させ、おれを自由の身にするべきか」

「それなのに、わざわざ簑島さんに余計な罪を犯させるような伝言を？」

「余計……なのか」

明石がカウンターに両肘《りょうひじ》をつき、手を重ねる。

「余計に決まっています。簑島さんは、ただでさえ一人殺している。もう一人殺したら、さらに罪が重くなる」

「事前に一人殺したのは、良いリハーサルになったんじゃないか。相手がどんな悪人であっても、他人の生命を奪う瞬間には躊躇《ちゅうちょ》がともなう。かたやストラングラーは殺人の手練れだ。一瞬でも隙《すき》を見せたら、返り討ちに遭う」

「無責任です」

「そうは思わない。全力で殺意を向けてくる連続殺人鬼を相手にして、殺すことなく生け捕りにし、自分の無実を証明してくれと要求するほうが、よほど危険だし、無責任だ」

「だからって殺す必要はありません」

「それが甘い。簑島を止めることは、もう誰にもできない。ならばせめて、あいつが生き残る確率の高い選択をさせてやる」

「簑島さんがストラングラーを殺せば、あなたは……」

死ぬ。

明石本人も、とっくに覚悟を決めているのだろう。いまさら指摘したところで意味はない。

「私も、簑島さんに会いに行きます」

「ダメだ」

「私は明石さんを恨みます。簑島さんの真意はわかっていたくせに、私に嘘の解釈を伝えて、私たちを簑島さんから遠ざけた」

「それが簑島の望みだ。きみたちが駆けつけるのを、やつは望んでいない」

「あなたに簑島さんの気持ちがわかるんですか」

「きみたちよりはな。おれたちはどちらも壊れている。心に巨大な空洞があって、それは死んでもおかしくないほどの大きな穴で、なぜかそれでも生きている。傷が完治してもとの姿に戻ることは、二度とないのにな。そんな男が、十四年も引きずってきた過去と対決する」

そのとき、加奈子は信じられない光景を目の当たりにした。

「頼む。簑島を邪魔しないでやってくれ」

明石に深々と頭を下げられたのだった。

6

がたん、と車体の揺れる感覚で、明石仁美はまぶたを開けた。

「着いた。たぶんここだ」

運転席でハンドルを握った茶髪の若い男が、カーナビの画面と車窓からの景色を見比べている。

「本当にここなの」

「疑うのかよ」

「だってタケアキ、方向音痴じゃない」

「ナビ通りに走ったから、方向音痴は関係ない」

「ナビに間違った住所を入力したんじゃないの」

扉を開いて車を降りる。

どこを見ても緑しかなかった。周囲に住宅はなく、雑木林を切り開いた道の途中に、仁美たちの乗ってきたベンツがぽつんと停車している。

「方角的にはこっちのはずだけど」

タケアキがスマートフォンを手にしながら見ている方向には、やはり林しかない。

「こっちって、なにもないじゃない」

自信なげな男の姿に、急激に気持ちが冷えていく。同行するなら別の男のほうがよかったかもしれない。

年下で見てくれは悪くないし、素直で献身的だから利用価値があると思って付き合ってきたが、後で電話帳アプリから名前を削除しておくか。

「あ、でもほら。ここに道が」

タケアキが林の一角を指さす。そこには獣道のように、草の生えていない剝《む》き出しの土があった。

「ここを真っ直ぐ進めばいいはずだよ」

先導しようとするタケアキを、仁美は制した。

「ここで待ってて」

「でも、本当にあるかわからないし」

「ナビはたしかなんでしょう」

「ナビでは間違いなくこの先になっているけど、ナビが正しいかわからない」

「ナビを信じる。あと、スマホ、ちゃんと気にしててね。もし合流できたらＬＩＮＥするから、そのときはさっさと東京に戻って」

「なんで」

「デートの邪魔だからに決まってるじゃない」

「デートって、おれとは……？」

タケアキが自分を指さす。

「私を独占できるほどの男だと思ってるの」

虫を追い払うように手を振り、仁美は林の中へと進んだ。道は曲がりくねっており、ほどなく上り坂になる。都会暮らしの身体はすぐに悲鳴を上げた。呼吸が乱れ、全身から汗が噴き出してくる。こんな辺鄙《へんぴ》なところで生活する人間の気が知れない。

ロングスカートの裾《すそ》を両手で持ち上げながら十分ほど坂をのぼっていくと、木々が途切れて小高い丘の上に出た。平地にむす苔《こけ》のような街並みと、その向こうに日本海が見える。

美しい、と感動するべきなのだろうが、仁美は田舎が嫌いだし、なにより人生で感動したことがなかった。ほとんどの感情を概念として理解しても、体験したことはない。だから足もとの砂利を蹴飛《けと》ばし、悪態をつくだけだった。わざわざこんなところに墓を作るとは、なんて愚かなのか。

丘の頂上には、墓が並んでいた。どれも建てられてからかなり経っているらしく、艶《つや》の消えた石の表面に彫られた家名も読み取れなくなっているものも多い。

墓石が並んだ奥のほうに、人影がうごめいているのが見えた。仁美はハンカチを顔にあてて汗を吸わせ、近づいていく。

男だった。白いワイシャツにスラックスという服装の男が、杓子《しゃくし》で墓石に水をかけている。

恐怖。

全身の産毛が逆立った。感情の乏しい仁美だが、この感覚だけには敏感だった。

男は危うい雰囲気をみなぎらせていた。ぼさぼさに乱れた髪。顔の下半分を覆うひげ。服もアイロンをかけていないどころか、たぶん洗濯すらしていない。シャツは黄ばんでいるし、スラックスはところどころ白く汚れている。

身を屈《かが》めた男が、墓石で見えなくなる。さりげないしぐさだが、接近する気配に気づき、顔が見えないようにしたのだろう。

——帰って。車はあげる。私の前に二度と顔を出さないで。

スマートフォンに入力し、タケアキにメッセージを送る。

仁美は歩を進め、男の背後に立った。

墓石に向かって手を合わせていた男が、ゆっくりと顔を横に向ける。

「見ぃつけた」

こちらを振り向いた男——簑島朗の顔に驚愕《きょうがく》が浮かんだ。

第四章

1

簑島に続いて玄関に立った仁美が「うわ。ダサっ」と部屋の中を見回した。

真生子の眠る墓地から車で二十分ほど走ったところにある、ラブホテルだった。コテージタイプで部屋ごとに独立した建物になっており、従業員と顔を合わせる心配もない。簑島は潜伏先の空きアパートに案内しようとしたのだが、「臭くてたまらないからせめて石けんで身体《からだ》を洗って欲しい」と、タクシーを呼ばれたのだった。

コテージはそれぞれテーマが設定されているらしく、簑島たちが入った部屋の扉の上には『ハワイ』というプレートが掲げられていた。壁紙に描かれた椰子《やし》の木が、テーマを表しているらしい。

「いかにも田舎のラブホって感じね。もしかしてこのベッド、回るのかしら」

仁美がベッドに膝《ひざ》をつき、枕もとのパネルを操作する。

「なにこれ、ぜんぜん動かない。壊れてる」

鼻白んだように言い、簑島を振り返った。

「朗くんはそのままベッドに来ないでね。汚いから。まずシャワーを浴びて全身を綺麗《きれい》にして」

ベッドに向かうつもりなどなかったが、臭《にお》っている自覚はある。

バスルームに向かおうとしたら、呼び止められた。

「着替え、持ってきてるから」

仁美がバッグを開け、服を差し出してくる。シャツ、パンツに下着まで。どれも自分では買わないような高級ブランドのものだ。

「ありがとうございます」

「いま来てる臭い服は捨ててよね。鼻が曲がりそう」

渡された着替えを手に、バスルームに向かう。ラブホテルだけに脱衣所がないどころか、ガラス張りになっていて洗い場の様子が丸見えだ。おまけに扉に鍵《かぎ》もついていない。

少し戸惑ったが、腹を括《くく》った。服を脱いで全裸になり、洗い場に入る。

水道のハンドルをシャワーのほうに倒し、湯を出した。シャワーヘッドから噴き出した水が温かくなるにつれ、自分の心もほぐれていく気がした。怒濤《どとう》のようなこの一週間が、たちの悪い夢だった気がしてくる。

——夢なんかじゃないぞ。

意識に直接語りかけてくる声は、伊武のものだった。

——自分のやったことから目を逸《そ》らすな。おまえは人を殺した。一線を越えたんだ。

わかっている。誰《だれ》かのせいにするつもりはない。こぶしに伝わる肉の感触や、骨が折れたと思《おぼ》しき鈍い音、鉄パイプで相手の胸を貫いたときの手応《てごた》えまで、はっきり思い出すことができる。

おれは人を殺した。すっかり血の気の失われた、もはや人間の顔色ではなくなった清水早希の顔に、恋人の面影が重なったときから、身体が勝手に動いて止まらなくなった。自分の肉体が、自分のものではなくなったようだった。

わけもわからぬうちに川崎の銀柳街の路地裏で葛城陸に暴行を加え、鉄パイプで胸を刺し貫いて死なせた。

簑島さん！

直前に叫び声を聞いた気がするが、本当に聞いたのか定かではない。気づけば通りを挟んだあたりに、加奈子が立っていた。信じられないものを見たという顔で目を見開き、途方に暮れているようだった。殺人の現行犯を逮捕するという考えすら、浮かばないようだった。

――かわいそうにねえ。あの女はおまえのことを信頼してくれていた。それなのに、目の前で怪物の本性をさらけ出しちまった。あの状況じゃ誤魔化しようもないよな。

誤魔化《むじな》すつもりはない。おれは紛れもない怪物で、殺人者だ。ストラングラーと同じ穴の狢だ。

――ようやく認めたか。おまえが過去の事件に囚《とら》われていたのは、恋人を忘れられなかったからじゃない。犯人の行動に共鳴していたからだ。本当は自分がやりたかったのに、先を越された。おまえが抱き続けていたのは怒りじゃなくて嫉妬《しっと》であり、憧《あこが》れだった。

呆然《ぼうぜん》と立ち尽くす加奈子を置き去りにして、簑島は現場から逃走した。神奈川県から徒歩で静岡《しずおか》県に入り、在来線とバスを乗り継いで西に向かった。途中までは、自分でもどこに向かっているのかわかっていなかった。名古屋を通過したあたりから、真生子の出身地である鳥取《とっとり》県米子《よなご》市に向かっているのに気づいた。

真生子の出身地は、海沿いの小さな町だった。メインストリートと思われる商店街にもシャッターを下ろした店が多く、空はつねに灰色の薄い雲に覆われていた。夜になれば早々に灯《あか》りが消え、逃げ場所がなくなるような小さな世界で、真生子は夜な夜な実の父から強姦《ごうかん》されていた。

実家を訪ねて父親を殺してやりたい衝動に駆られたが、懸命に自制した。目的をはき違えてはいけない。ただでさえ自分の顔写真が全国にばらまかれている状況で、騒ぎを起こせるのはせいぜい一度きりだ。その一度で、ケリをつける。

米子入りした簑島は、集合住宅の空き部屋を探した。いくつか物件を見るうちに、水道メーターにキーボックスが取り付けられている部屋を見つけた。四桁《けた》の暗証番号を探り当てるのに一晩かかったが、人の出入りもなく、暗がりに紛れての作業だったので問題なかった。

身体を洗い終え、風呂椅子《ふろいす》に座ってひげを剃《そ》っていると、背後で扉の開く音がした。

一糸まとわぬ姿になった仁美が、洗い場に入ってくる。

「どういうつもりですか」

仁美は無言で簑島の背中に覆いかぶさった。

「どういうつもりもなにも、そういう場所でしょう」

「おれは、そういうつもりで来たわけじゃありません」

「本当に？」

耳を甘嚙《あまが》みされ、剃刀《かみそり》を動かす手が止まる。

——いいじゃないか。やっちまえ。据《す》え膳《ぜん》食わぬはなんとやらだ。

伊武の囁《ささや》きは無視した。

「おれの居場所は、明石から？」

「こんなときに明石の名前を出さないでよ」

「質問に答えてもらえますか」

ふう、と鼻白むような息の気配があった。

「そうよ。死んだ女の故郷でストラングラーを待っているはずだ。ストラングラーと同じく、アパートの空室に上がり込んで潜伏しているだろう……って。だけど死んだ女の墓を訪ねたのは、私のアイデア。いつまでも終わったことを引きずる朗くんみたいな男なら、いかにも死んだ女の墓参りしそうじゃない」

「死んだのは事実ですが、彼女には名前があります。名前で呼んでもらえますか」

不服そうにしながらも、仁美が耳もとに顔を寄せてくる。

「ミオ」

簑島は弾《はじ》かれたように振り向いた。

仁美の悪魔のような笑みが、そこにはあった。ミオというのは、真生子の源氏名だった。

「やっと振り向いてくれた」

「おれを怒らせようとしているんですか」

「そうかもしれない。朗くん、なかなか本当の顔を見せてくれないから」

「彼女への侮辱は許しません」

「侮辱じゃないわよ。ミオっていう名前は、彼女自身が名乗っていたの。あなた以外の男に」

とっさに仁美の首をつかんでいた。

苦悶《くもん》に歪《ゆが》む仁美の口から、短い呻《うめ》きが漏れる。

「おれはすでに一人殺している」

――そうだよ。おまえは正真正銘の怪物だ。一人殺したって二人殺したって変わらない。

ひと思いにやっちまえ。

仁美の首をつかむ指先に、さらに力をこめようとした、そのときだった。

「殺して……お願い……」

思いがけない要求に虚を突かれ、手を離した。

ぐったりと崩れ落ちた仁美が、激しく咳《せ》き込んでいる。

――なにやってるんだ。さっさとやっちまえばよかったのに。

伊武の声を無視して訊《き》いた。

「どうして……」

どうしてそんなことを。

言い終える前に、訊き返された。

「どうして殺してくれないの」

簑島の手首を両手でつかみ、自分の首に運ぼうとする。

「やめてください」

「殺して。お願い」

「やめてくれ……やめろっ」

振り払うと、仁美が膝からくずおれた。

「どうしてよ。殺して。私のことも殺してよ」

懇願口調だった。床のタイルに手をつき、顔を上げた仁美の目には涙が浮かんでいる。

「なぜ死にたいんですか」

簑島は肩で息をしていた。

「なぜ死にたいと思っちゃダメなの」

またも質問に質問で返された。

仁美は震える声で続ける。

「ずっとよ。死にたくなったんじゃなくて、ずっと死にたいの。私には感情がない。喜びも悲しみも怒りもない。だから他人の気持ちを平気で踏みにじれるし、踏みにじったことに罪悪感も抱かない。それが、どういうことかわかる？」

仁美は乱れた前髪の隙間《すきま》から、簑島を見上げた。

「平坦《へいたん》な毎日が続くってことなの。ほかの人が感じる感情の起伏がいっさいないまま、なにが楽しいのか、なんの意味があるのかわからないまま、ただ人生が続いていく。そんな地獄、想像もつかないでしょう。なんでもいい。とにかく刺激が欲しかった。だから明石に近づいた。それなのに、なにも感じない。明石のことを好きにも嫌いにもならないし、刑が執行されようがされまいが、関心がないの。心にさざ波すら立たない。だからもう疲れた。ただ続いていく人生が、嫌になったの。お願い、殺して。私を殺して……朗くんなら、私の望みを叶《かな》えてくれる。最初に会ったときから、そう思っていた」

お願い、お願い、とすがりついてくる仁美を、簑島は押し返した。

「申し訳ありませんが、仁美さんの願いを聞き入れることはできません」

「どうして？　私は明石の伝言を伝えるために来た。ストラングラーを殺してもかまわない。朗くんにそう伝えるよう、言付かってきたの。私のことも殺してよ」

「おれはストラングラーを殺すつもりはありません……ぜったいに」

仁美の顔に絶望が浮かぶ。

「じゃあ、どうするつもりなの。一人でストラングラーを逮捕できるとでも思っているの」

「そのつもりでしたが」

簑島の煮え切らない態度で、仁美は察したらしい。

「死ぬつもりなのね」

「違います」

否定の言葉を信じる気はなさそうだ。

「ずるい。自分だけ罪を背負って死ぬなんて、私も連れて行って。どうせ死ぬなら、私のことも、いまここで殺して」

「できません」

きっぱりと断言した。「おれは狂ってるし、人を殺した。それは間違いありません。でもだからといって、ストラングラーのように殺人を楽しんでいるわけじゃないし、誰彼かまわず殺せるわけでもない。おれには、仁美さんを殺す理由がない」

――綺麗事ぬかすな。葛城を痛めつけたときの興奮を思い出せ。あのときおまえは、楽しんでいなかったというのか。楽しんでる自分に気づかなかっただけじゃないのか。

伊武の言葉を意識しないようにして、続ける。

「それに、仁美さんには感情がないわけじゃないと、おれは思います」

仁美が軽く唇を開く。

「本当に感情がなかったら、弟さんが死んだときにも、なにも感じなかったはずです。自分と弟をほったらかしにした、母親への怒りも憎しみもなかった。弟を救えなかったことへの後悔もなかった。感情は、あるんです。ただ、その存在に気づいていないだけで」

「気づいて、いない……」

仁美はうわごとのように繰り返した。

「ええ。おれはそう思います。本当の仁美さんは、感情豊かな人です。人に愛され、人を愛したい人です。けれども幼少期に求めた愛情を受け取れなかったせいで、心に蓋《ふた》をするようになった。だから、存在するはずのものが見えなくなったんです」

仁美は自分の頬《ほお》に手で触れ、その手を不思議そうに見つめた。なぜ自分が涙を流しているのか、理解できないようだった。

シャワーの湯がタイルを叩《たた》く音だけが、浴室に反響していた。

2

「凶器のナイフは、簑島のマンションから持ち出されたと」

久慈の言葉に、加奈子は頷《うなず》いた。

「明石さんはそう考えています」

――頼む。簑島を邪魔

あの明石が頭を下げた。衝撃的な光景が、いまでも頭にこびりついている。

あの後、明石は加奈子たちがやるべきことについて指示を出した。

平井殺害に使用された凶器のナイフは、そもそも伊武の私物だったのを、簑島が手もとに保管していたというのが、明石の見解だった。

簑島は伊武が明石を逮捕するために行った不正工作に気づき、話をしたいと伊武に連絡した。その際、伊武から上野《うえの》公園で会いたいと、場所を指定されている。二人が一緒のときにストラングラーとみられる人物から銃撃され、伊武は命を落とすのだが、伊武がなぜ上野公園を指定したのか、明石は引っかかっていたのだという。

簑島は東京拘置所で明石と面会した直後に、伊武に電話をかけている。そのとき、伊武は桜田門の警視庁本部庁舎にいた。ただ話をするだけなら本部で待っていればよかったし、人目を気にするにしても、上野公園まで出向く必要はない。

伊武は簑島を消すつもりだった。だが長年弟のようにかわいがってきた後輩に刃《やいば》を向けることができなかった。

それなのに警察の捜査で、伊武がなんらかの凶器を所持していたという事実は挙がっていない。簑島がひそかに回収し、持ち帰ったためだ。簑島は伊武の凶器を隠し持っていた。ところが有吉と久慈による簑島のマンションの家宅捜索で、凶器が発見されたという報告がない。何者かによって事前に持ち出されていたからだ。

以上が明石の推理だった。犯人は簑島の部屋から持ち出した凶器を使い、平井を殺害した。そして平井のマンションのクローゼットにロープと拳銃《けんじゅう》を置いた。これで平井がストラングラーで、簑島がストラングラーを殺害したことになる。真犯人にとっては、あとは簑島を自殺に見せかけて殺すなり、簑島を殺した後で遺体が発見されないように工作すれば、完全犯罪の成立だ。

「十四年前に明石さんの部屋に侵入しているはずだし、平井の部屋にも侵入したのなら、簑島さんの部屋に同じことをしても不思議じゃないっすね」

望月が神妙な顔で頷く。

「簑島さんは逃亡中で鉢合わせする危険もないから、ピッキングなり合鍵なりで侵入できる」

碓井が顎《あご》をかく。

「ピッキングなら必ず痕跡《こんせき》が残るぞ」

有吉が顔を紅潮させながら、久慈を見た。

「ああ」と久慈が頷く。

「簑島と平井のマンションの鍵穴にピッキングの痕跡が残っているか、専門家に見てもらいましょう」

「防犯カメラはどうだ？　もしもエントランスに防犯カメラが設置されていたら、出入りする姿が捉《とら》えられているかもしれない」

碓井の意見に、有吉がかぶりを振る。

「簑島と平井、どちらのマンションにも防犯カメラの設置はない」

「だとしても、目撃者がいる可能性はありますよね。聞き込みする価値はあるんじゃないですか」

望月が提案し、久慈が頷いた。

「簑島のマンションと平井のマンションのどちらかで、一人ぐらいは目撃している可能性はあります」

「よし。じゃあ手分けして聞き込みしようぜ。おれと久慈が平井のマンション、矢吹巡査長と碓井さんと望月で簑島のマンションってところか」

有吉が言い、「おれ、呼び捨て？」と望月が妙なところに食いついている。

「いや。私は……」

加奈子は両手を上げた。

「なんだ。所轄のほうで仕事が入ってるのか」

有吉が首をかしげる。

黙っておこうかとも思ったが、やはり抱えておけない。

「実は、明石さんには、簑島さんの潜伏先の見当がついていたようです」

「なんだと？」

「マジっすか」

碓井と望月が同時に声を発した。

加奈子は明石との面会の様子を詳細に伝えた。話を聞き終えた後も、狭いギャラリーにはしばらく沈黙が居座っていた。

「なんなんすか、それ……」最初に口を開いたのは、望月だった。

「それじゃ、仁美さんはストラングラーを殺してかまわないって、それを伝えるためだけに、簑島の旦那《だんな》に会いに行ったっていうんですか。もし簑島の旦那が本当にストラングラーを殺したら、簑島の旦那の罪が重くなって、明石さんの無実を証明するチャンスがなくなっちゃうじゃないですか」

「私もそう言ったんだけど……」

明石に頭を下げられたら、受け入れるしかなかった。

「明石さん、勝手じゃないですか。おれはずっと、あの人の無実を信じてやってきた。あの人のために、どれだけ時間やらエネルギーやら、費やしてきたと思ってるんだ」

望月がうろうろと同じ場所を歩きながらまくし立てる。

「明石さんもそれはわかってると思う」

加奈子の慰めは火に油を注ぐ結果になったようだ。

「わかってんなら、なんでそんなことするんだ！　矢吹ちゃんも矢吹ちゃんじゃないか。どうして明石さんに反対しなかった」

「反対したよ」

「もっと反対しろって！　断固としてさ！」

「なにが感謝っすか。クッソくだらねえ。おれはどうなるんすか！　おれだって感謝されてえよ！」

両手を広げて全身で訴える望月の主張はもっともだ。

「少し落ち着け」

碓井が肩に置こうとした手を、望月が振り払う。

「これが落ち着いていられますか！　おれはもう、明石さんのこと信じられない。なんでそんなこととするのか、面会拒否されたときも心が折れかけたけど、今回は本当に――」

「いい加減にして！」

加奈子は強い口調で言った。

反論しようとする望月が口を開く前に、畳みかける。

「明石さんだって、好きでそんなことするわけがない！　死刑執行は怖いに決まってる！きっと彼なりの葛藤《かっとう》や苦悩のはてに出した結論なの！　だって死ぬのは、明石さんなんだから！　自分の無実を証明できないまま、四人を殺した連続殺人鬼の汚名を晴らせないまま、首を吊《つ》られて死ぬの！　そんなの、自分で考えないわけないよね。ぜったい考えるって。それなのに、明石さんは簑島さんの復讐を優先する結論を出した。私に頭を下げて、簑島さんの邪魔をしないでくれってお願いしたの。ただのわがままなんかじゃない。だって死ぬんだよ」

最後は涙声になりそうだったので、懸命に呑《の》み込んだ。

望月は怒りと入れ替わりに悲しみが押し寄せたらしく、泣きそうになっている。

そんな望月の肩を、碓井がポンポンと叩いた。

「簑島さんの気持ちも、明石の気持ちも、矢吹ちゃんの気持ちもわかる。望月だって本当はわかってるんだ。けど、その話を聞いてしまったからには、放《ほう》っておくわけにはいかない。矢吹ちゃんだって、そう思っておれたちに話してくれたんだよな」

「はい。明石さんの気持ちを大事にしたい、簑島さんに十四年のけじめをつけさせてあげたいという気持ちもあります。でもやっぱり私は、簑島さんにこれ以上罪を重ねて欲しくないし、明石さんの無実を証明して自由にしてあげたい」

「おれもそうだ。おまえもそうだよな？」

碓井に肩を抱かれた望月は、顔をくしゃくしゃにして泣いていた。

「おれと望月は、仁美の後を追って簑島への接触をこころみる。聞き込みのほうは、三人にお願いしてかまわないか」

加奈子が頷き、久慈と有吉もそれに倣う。

「わかりました」

「必ず簑島を捕まえてくれ」

「任せてくれ……って、望月、おまえもう泣くな」

碓井の腕の中で、望月が両手で濡《ぬ》れた頬を拭《ぬぐ》っていた。

3

運転席に乗り込んだ望月が、ハンドルを触りながら首をひねる。

「どうした？」

碓井はシートベルトを締めながら訊いた。

「いや、右ハンドル久しぶりだから大丈夫かなって」

「なに言ってんだ。育ちの悪いヤカラのくせしやがって」

「それは否定しませんけど、東京ではずっとベンツだったじゃないですか」

望月が東京で乗り回していたベンツは、明石の無実を証明するための調査用に、仁美が買い与えたものだった。久保真生子の故郷である米子まで車だと時間がかかりすぎるので飛行機で移動し、現地ではレンタカーを利用することにした。

二人の乗った国産のセダンは、空港近くのレンタカー店の駐車場から出た。東京を発《た》つ前に望月のスマホから仁美に発信し、つながらなかったのでＬＩＮＥでメッセージを送ってみたが、いまのところ反応はない。

ひとまずは、久保真生子の実家のほうに向かってみることにした。明石の推理によれば、簑島は真生子の実家近くの空き物件に潜伏しているらしい。

「気持ちいいっすね。田舎の空は広い」

運転に慣れてきたらしく、望月が片手でハンドルを操作しながら視線を上げる。

「おいおい。よそ見すんなよ。事故はごめんだぞ」

碓井は窓の上のアシストグリップを握った。車は海沿いの道を、中心街に向けて走っていく。真生子の実家は、中心街を抜けた先の住宅地らしい。

中心街に近づくにつれて交通量が増え、信号停止することも多くなってきた。

「寂れてるな」

碓井は車窓を眺めながら、ぽつりと呟《つぶや》いた。年季の入った古い建物が多く、歴史を感じるというより、いちだん色合いがくすんだ印象だ。

「なんすか、夜遊びでもしようと思ってたんですか」

「いや。こんな小さな街で生まれ育った女の子が、東京でデリヘル嬢やってたのか……って思ってな」

「東京だからじゃないですかね」

碓井は望月の横顔を見た。

望月は遠くをうかがいながら言う。

「田舎だとみんな自分のこと知ってるから、変なことできないじゃないっすか。なにかやらかしたら、どこそこの息子さんだの娘さんだのって話になるし。でも東京って、それがないんですよね。景色の一部になれるっつーか。誰も自分のことなんか気にしてないし、誰も人のこと見ていない。透明になれるんすよ。それが冷たいと言う人もいるけど、田舎で息苦しい思いしてきた人間には、けっこう心地良いものなんです」

しばらく無言で見つめていると、望月がこちらを一瞥《いちべつ》した。

「な、なんすか」

「いまさらだけど、おまえ、どこの出身だ」

「茨城《いばらき》っす」

「そうか。茨城か」

言われてみればしっくりくる。

「なに笑ってんすか」

「それなりにわかり合ってるつもりになっていたけど、ぜんぜん知らないもんだなって思って」

「ですね。あんまそういう話、しないっすよね」

「実家には帰ってるのか」

望月はかぶりを振った。

「勘当されてるんで。うちの実家、けっこうお堅い家なんです。両親ともに医者で、兄貴も医者なんです」

「意外だな」

「でしょう？　優秀な医者一家の唯一の落ちこぼれって、肩身が狭いものなんすよ。だから東京が居心地良いんすよね。誰も自分のことを知らないから、噂《うわさ》されることもないっつーか。人目を気にせず自然な自分でいられるんすよね」

だから先ほどの発言につながったのか。

「明石とは、やつが警察官時代に知り合ったんだよな」

「ええ。昔、チーマーっていたでしょ」

「懐かしい。いたな、そういえば」

渋谷センター街などでたむろする不良少年たちのことだが、徒党を組んで強姦や窃盗など犯罪行為に及ぶものもいて、社会問題になった。

「チーマーだったのか」

「はい。最初は茨城から出てきた田舎者をあたたかく迎えてくれるいい人たちだなって思ってて、仲間はずれにされたくないから、悪さするときにも一緒にやったりしてたんですけど、だんだん、なんか違うなって感じ始めて」

「それで明石の世話になったのか」

頷いた後で、望月が噴き出した。

「おれ、警察官時代の明石さん、ボコッたことあるんすよ」

「本当か」

「おれ一人で、じゃないですよ。あの人、喧嘩《けんか》マジ強いから、一人じゃぜったい勝てないっす。チームの仲間、七、八人はいたかな。それぞれ武器持って取り囲んで……めちゃくちゃ卑怯《ひきょう》ですよね。でも当時は、それが正しいと思ってたんです。仲間がパクられまくってたのを逆恨みしてたんすよね。自分たちが悪いだけなのに」

「七、八人か。明石のやつ、よく死ななかったな」

「肋骨《ろっこつ》は折れたって言ってました」

「むしろ肋骨だけでよく済んだな」

二人で笑い合った。

「すごいっすよね。でも明石さんが本当にすごいのは、そんな酷《ひど》い目に遭わせたおれを、助けてくれたことです」

「なにがあったんだ」

「だんだん、なんか違うなって感じ始めたんすよね。女さらって強姦して捨てたって話を自慢げにしているのを聞いて、そんなのおかしくないか？　ってなって。そんなこと、自慢できるような話じゃないですよね」

「当たり前じゃないか」

「でも、あの中にいるとそうでもないんです。感覚が狂ってくるんですよ。だから、さすがにまずいなと思い始めて。このままいったら、たぶん引き返せなくなるって、そう思ったんです。それでチーム抜けるって言ったら、今度はおれがボコられて」

「よくある話だ」

「ええ。ちなみにおれも肋骨折っただけで済みました」

「しょうもないことで明石に張り合うな」

碓井は肩を揺すった。「そのとき明石が、手を差し伸べてくれたのか」

「仕事とか住むとことか世話してくれて、チームの連中がちょっかいかけてこないようにナシつけてくれました。おれのこと恨んでてもおかしくないのに、すげーかっこいい大人だなと思いました」

「それ以来の付き合いってわけか」

「その後、警察辞めて風俗のスカウトマンになったときは驚きましたけどね。でも女の子からも慕われてたし、どのみちそういう仕事をするんだったら、変なやつにスカウトされるより、明石さんにスカウトされたほうがぜんぜんいいですよ。あの人、愛想ないけどめちゃくちゃやさしいし、面倒見がいいんです」

望月が明石に心酔する理由がわかった。

「碓井さんの番っすよ」

「は？」

「おれが自分のことしゃべったんだから、次は碓井さんが話してください」

「おれか？」

碓井はシャツの胸ポケットから煙草《たばこ》のパッケージを取り出し、一本を口に咥《くわ》えた。

「おれは……バツイチで子どもがいる。来年は成人式のはずだ」

「ちょっと！」と望月が慌てた様子でこちらを見た。「これ、禁煙車ですよ」

「堅いこと言うな。わかりゃしないさ」

「わかります。スモーカーが臭いに鈍感になってるだけです」

無視して百円ライターの石を擦《こす》っていると、右からのびてきた手にライターを奪われた。

「なにすんだよ」

「バレたら罰金なんすよ。借りるときに説明されたんです」

望月がカウンターで貸し出し手続きを行う間、碓井は外で煙草を吸っていた。

「罰金ぐらい払えるだろう。仁美から与えられた魔法のカードがあるんだからよ」

「そういう問題じゃないんすよ。信義の話っす」

散々悪さを働いていたはずの男が、変わったものだ。これが明石の影響だと考えると、あの男はやはり無実なのだと確信する。

望月はウィンカーを点滅させ、車をコンビニエンスストアの駐車場に入れた。パーキングブレーキを引いた後、百円ライターを返してくる。

「飲み物でも買ってくるんで、外で煙草吸っててください」

「わかった」

「外で、ですよ」

「くどいな。わかってる。おれの煙草とコーヒー買ってきてくれ」

二人で車を降りた。望月は店の入り口に向かい、碓井は煙草に火を点《つ》ける。

紫煙を吐き出しながら、けっこう思い切ったカミングアウトだったのにな、と思う。

離婚してから、もう十年。ということは、娘と離れてからも十年。汚物を見るような目を向けてきた元妻とは違い、娘は最後まで父を慕ってくれた。にもかかわらず碓井は、これまで一度も娘に会っていない。元妻が再婚したので、自分が会いに行くと新しい父親に申し訳ない気がしたのだ。

「成人式、か……」

正直なところ、娘のことを思い出す機会も減った。いま、車中で話をしたときに頭の中で計算して、ようやく年齢を思い出したぐらいだ。どんな大人に成長したのだろう。父の悪いところが遺伝して、道を踏み外していなければいいのだが。

「晴れ着とか、買ってあげないんすか」

はっとして振り返る。

望月が車の屋根に腕を載せ、こちらを見ていた。

「おまえ、なんで……買い物行ったはずじゃ」

顔が熱くなる。車中での告白は、てっきり耳に入っていないとばかり思っていたが。

「買い物してきました」

はい、と煙草とペットボトルのコーヒーを差し出してくる。

「ずいぶん早かったな」

「そうっすかね。買う物決まってるし、キャッシュレスだと一瞬ですから」

いまだに現金派の碓井に見せつけるように、スマートフォンを掲げる。

望月は自分では炭酸飲料を購入したらしい。キャップをひねり、ペットボトルに口をつけた。

「子ども、いたんすね」

「ああ」

「ずっと会ってないんすか」

碓井は頷いた。

「何年？」

「……十年」

「来年成人式で十年……ってことは、十歳から二十歳までか」

ペットボトルをかたむけて炭酸飲料を口に含み、望月は言う。

「なら無理っすね。他人だ。いまさら父親ヅラされても迷惑にしかならない。一生会わないほうがいいっすよ」

「おまえ、人の傷口に塩を塗り込むようなことを平気で言うよな」

「でも事実っす。十歳からの十年なんて、人間がいちばん成長するときだし、いちばん変わるときです。ガキにとっては、いちばん大人の助けが必要なときでもあります。そんなときにほったらかしにしてたくせに、いまになって成人式おめでとうなんて言われても、あんた誰？　としかならないっすよ」

悔しいが望月の言う通りだろう。再婚相手に気を遣ってなどと自分に言い訳しているが、実際には逃げただけだ。問題と正面から向き合うのが嫌で、背を向けた。そんな自分を父親として受け入れてもらおうなんて、虫が良すぎる。逆に望月は、十代のころに明石に向き合ってもらったから、なにがあっても無条件に味方をするほどに、明石に心酔しているのかもしれない。

「そうだな」

いろいろ思い悩んだ自分が滑稽《こっけい》で笑えてくる。そもそもが、ついさっきまで娘のことなんて思い出してもいなかったくせに。なんだかすっきりした。

「でも、ワンチャン、娘さんが金目当てにすり寄ってくる可能性はあります。そういうときは変に愛情を示そうとせずに、さっさと金出してやってください。娘さんにとって、碓井さんは遺伝子上では父親でも、感覚的にはただの他人のキモいおっさんですから。愛情イコール金っすよ」

「それでフォローしてるつもりか」

「なってないっすか」

フォローにはなっていなくても、心は軽くなった。もはや父親でなくなった自分が、努力で父親に戻るすべはない。ただ相手が助けを求めてきたときには、力を貸してやれ。望月の言うことに間違いはない。

根元まで灰になった煙草を、携帯灰皿の蓋《ふた》の裏側で揉《も》み消した。

「そろそろ行くぞ」

碓井は助手席の扉を開いた。

望月が軽く右手を上げ、左手に持ったスマートフォンを耳もとにあてる。

「仁美さんに電話してみていいっすか。たぶん出ないと思いますけど」

が、しばらくすると、望月があっという顔になった。

「もしもし？　仁美さんっすか？　もしもし、もしもーし」

つながったらしい。

碓井は車の前を回り込み、望月に歩み寄った。

「仁美さん？　おれです。望月です。いま米子に来てるんすけど、仁美さんもこっちに来てるんすよね。簑島の旦那、見つかりましたか。もしもし？　もしもし？」

ふいに、望月の顔色が変わった。

「簑島の旦那？　もしかして簑島の旦那っすか？　おれっす。望月っす」

碓井は息を呑んだ。

望月に顔を近づけ、通話を聞き取ろうとする。だが聞こえるのは望月の声だけだ。

「この電話に出てるってことは、仁美さんと合流できたんすよね？　仁美さん、なんて言ってました？　明石さんからのメッセージを伝えにいったはずですけど、でもおれ、どうしても納得できなくて。ストラングラーをぶっ殺してやりたい気持ちはよくわかりますけど、それが正解だとは思えないんすよ。おれは簑島の旦那も好きだし、明石さんも好きだから、二人とも生きていて欲しいし、すぐには無理かもしれないけど、いつか全員揃《そろ》って飲んだりできたらいいなって……簑島さん？　簑島の旦那？」

望月がスマートフォンを耳から離した。

「切れた……」

「簑島さんは、なんて？」

碓井は逸《はや》る気持ちを抑えようと、シャツの胸もとをつかむ。

「いや。なにも」

「なにも？　なにも言わなかったのか」

「はい。でも物音が聞こえたので、明らかにつながってはいました」

「声は聞こえなかったんだろう」

それで簑島と判断するのは早計じゃないか。

「そうなんすけど、少しだけ呼吸音みたいなのが聞こえて、なんというか……若干震えてるみたいな感じの。息を殺して、こっちの様子をうかがってるみたいな。その感じが、簑島の旦那っぽかったんです」

「そりゃないだろ」と、碓井は笑った。

「呼吸の気配だけで相手が誰かわかるわけがない」

「男なのは間違いないと思うんすよ。少なくとも、仁美さんじゃない。だったら簑島の旦那しかいないじゃないですか」

「んなこたないだろ」

仁美が本当に明石にたいして一途《いちず》だとでも思っているのか。あの女の周囲には男が群がっているし、あの女自身、望んでそういう状況を作り出している。

思ったが、純朴な望月を傷つけるのがかわいそうになって、口にするのはやめた。

「かけ直してみろよ」

「わかりました」

望月は何度か発信したが、相手が応答することはなかった。

4

扉を開いて顔を覗《のぞ》かせたのは、三十代くらいの女だった。寝起きなのかこれから床につくところだったのか、ノーメイクの顔は青白く、薄い眉《まゆ》は不機嫌そうにひそめられている。

「お休みのところすみません」

有吉が懐から警察手帳を取り出すと、女の不機嫌はいっそう濃くなった。

「またなの。昨日も話したのに」

「何度も申し訳ないです。事件解決のためにぜひともご協力のほど、お願いします」

手刀を立てて拝むと、女は諦《あきら》めたように息をついた。

「事件が起きたとき、私は家にいなかった。だからたいした話はできないの」

「夜中までお仕事ですか。大変ですね」

「バカにしてる?」

「いえいえ、けっしてそんなことは」

久慈を振り返ったが、いつもの能面のような無表情があるだけだった。

殺された平井貴の住んでいたマンションだった。五階建てに二十五世帯が入居している。平井の住まいは三階だが、有吉たちがいま訪ねているのは、五階だった。

「キャバ嬢ってけっこう大変なんだから。同伴にアフターに、家にいるときも営業のＬＩＮＥとかメールとかめっちゃ送ってるし、エステとかで自分磨きもしないといけない」

「わかっています。我々もお世話になっていますので」

「私はお世話になっていません」

余計なことを。

有吉の抗議の視線を無視して、久慈は写真を差し出した。

「なにこれ」

女が写真を覗き込む。

写真は三枚あった。中原浩一、稲垣貞信、徳江雅尚。有吉にとっては見慣れた顔が、スーツ姿で真《ま》っ直《す》ぐにこちらを見つめている。

「この写真の男たちに、見覚えは？」

「知らない」

女はしばらく写真を凝視し、かぶりを振った。

「本当に？」

「私が嘘《うそ》ついてるっていうの？」

「そうは思いませんが、本気で思い出そうとしているように見えません」

「はあ？」

女が顔を歪める。

「おい、久慈」

「もっとよく見てください」

久慈は女に向かって写真を突き出した。

「知らないって言ってるんだけど」

「本気で思い出そうとしていただけないのであれば、また来ます。何度でもうかがいます」

「なにそれ、脅し？」

「事実です」

「わかったわよ」

女は写真をひったくるようにして奪い、何度か写真を入れ替えた。

やがて久慈に写真を返す。

「知らない。ぜったい知らない」

「ぜったいですね」

「ぜったいに、神に誓って知らない。だから二度と来ないで」

「わかりました。ありがとうございます。またお話をうかがう必要が出てくるかもしれませんので、そのときにはご協力をお願いします」

有吉が言い終える前に扉が閉まった。

「久慈。おまえってやつは」

いつものことだが、合理主義が過ぎてひやひやする。

その後も二人は、上階から下階へとしらみつぶしに部屋を訪ね、在宅中の住人に写真を見せていった。事件前後にマンションを訪ねている可能性があるといえ、三人ともそれほど特徴的な容姿をしているわけではない。明らかに不審な行動を取らない限り、記憶に残りづらいだろう。あらかじめ覚悟していた通り、空振りが続いた。

そして留守宅を除いて八割方の世帯に聞き込みを終えたころ、久慈のスマートフォンに着信があった。鍵業者からの、エントランスに到着したという連絡だった。三階に来てくれと伝え、有吉と久慈も三階に向かう。警察にも鍵の専門家はいるが、身内に疑いを向けているのを周囲に悟られるわけにはいかない。久慈が懇意にしている業者に、個人的に依頼することにした。

平井宅の扉の前で、業者と合流する。業者は五十がらみの男でにこにこと愛想がよく、左手の小指がなかった。

「頼む」

久慈に言われ、男は左肩に提げていた大きなバッグから機械を取り出した。ぐるぐる巻きにした長いケーブルの先に、液晶画面がついている。反対側の先端にはＬＥＤライトと小型カメラが取り付けてあり、狭いところにケーブルを突っ込んで内部を観察するための道具のようだ。

「あーはいはい」

小型カメラを鍵穴に差し込み、男は言った。

「やられてますね、これ」

有吉は驚いて久慈を見た。

「間違いありませんか」と、久慈が確認する。

「外から見るとぜんぜんわからないんだけど、中を見れば一発なんですよ。細かい傷がつきますからね。この部屋、ピッキングされてます」

「助かりました」

久慈は自分の財布から一万円札を抜き取り、男に手渡した。

「この部屋ってあれですよね。現役の刑事さんが殺されたっていう……さっき行ったマンションは、ここに住んでた刑事さんを殺したっていう男の……」

男にはここに来る前に、簑島のマンションの鍵を調べるよう指示していた。加奈子が立ち会っているはずだ。

「あっちはどうでしたか」

「あっちもやられてました。これ、もしかして……」

男が物欲しげに久慈を見上げる。

有吉は顔をしかめた。どうやら男は、もっと口止め料を寄越《よこ》せと暗に要求している。

久慈はあくまで無表情だ。

「だったらなんですか。あなたが足を洗う前の事件、ぜんぶゲロったわけではありませんよね。まだ余罪があります。中にはまだ時効になっていないものも、あると思いますが」

「まさか、そんな……」

男の卑屈な笑みが強張《こわば》る。

「腹を探られて困るやつが、他人の腹を探ろうとしないことです。今日のことを口外したら、あなたは塀の中に逆戻りです」

男はそそくさと荷物をまとめ、立ち去った。

「やれやれだな」

あきれるばかりだ。刑事を強請《ゆす》ろうとする男も、それにたいする久慈の反応も。

当の久慈は涼しい顔だ。

「これではっきりしたな。何者かが平井の部屋に侵入している」

「それだけでなく、簑島の部屋にも」

犯人は簑島の部屋から持ち出したナイフで平井を殺害した。そして平井の部屋にロープと拳銃を残し、平井がストラングラーであるかのように工作した。

半信半疑だったが、ここまでつながってくると現実を直視しないわけにはいかない。

「碓井と望月は、簑島を見つけられるだろうか」

「どうでしょう。そんなことより――」

久慈は有吉の肩に手を置いた。「いまは自分たちの身を案じたほうがいいかもしれません」

「なに？」

久慈の視線が、廊下の先を見ろと促してくる。

黒目だけを動かしてその方向を見ると、スーツの人影がこちらをうかがっていた。

「稲垣……？」

一部しか見えないがわかる。ストラングラー候補三人のうちの一人、稲垣貞信だ。

「それだけではありません」

久慈が今度は、反対側の廊下の先を目で示す。

誰もいない。

だが久慈には見えていたようだ。

「徳江がいました」

「本当か」

廊下の端と端から挟まれている。

「隠れていないで話をしませんか」

久慈がそれぞれの方向に顔を向けながら呼びかける。

まず徳江が姿を現し、それに呼応するように、反対側から稲垣が歩み寄ってくる。

「ここで会ったのは、偶然ではなさそうですね」

久慈が二人を交互に見ながら言う。

「なんでおれたちを調べてる」

稲垣が四角い顔の中心にパーツを集めた。

「あんたたちを調べてるわけじゃない。平井殺しについて聞き込みしてるだけだ」

有吉が言い終わらないうちに「嘘つけ！」と徳江が怒鳴った。いつも取り調べ相手を恫《どう》喝《かつ》する声が廊下に漏れてくるだけに、さすがに声がよく通る。

「うるさいな。そんな大きな声出さなくても聞こえてるよ」

耳の穴に指を突っ込みながら文句を言うと、徳江に胸ぐらをつかまれた。

「ふざけんじゃないぞ。おまえらがさっき聞き込みした相手に、確認してきたんだよ。おれたちの顔見るなり真っ青になって、なんでかって訊いたら、二人組の刑事が訪ねてきてあなたたちの顔写真を見せられたから、犯罪者かと思っただとよ」

「警察内部のゴタゴタを外部にひけらかすのは、感心しませんね。市民を不安にさせてしまう」

「ひけらかしたのは、おまえらのほうじゃないか」

稲垣は低く押し殺した声を出した。

「この写真の人物は警察官ですなんて、おれたちは一言も口にしてない」

有吉は徳江の腕を振り払った。ふたたび胸ぐらをつかもうとしてくるので、殴るそぶりで牽制《けんせい》する。

「やんのか、おい」

徳江もこぶしを顔の前に持ち上げ、ファイティングポーズを取った。

「やめたほうがいい、有吉。こんなところで警察官同士が乱闘したら、謹慎どころじゃ済まされません」

「それはこいつらに言ってくれよ」

有吉はこぶしをかまえ、稲垣と徳江を見る。二人とも、いまにも襲いかかってきそうな剣呑《けんのん》な空気をまとっていた。

「徳江は大学時代、ボクシングで全国優勝しています」

久慈の言葉に、徳江が不敵な笑みを浮かべる。

有吉は怯《ひる》みそうになる自分を奮い立たせた。

「それがどうした。どのみち死ぬんなら、せめて一矢報いてやる。ただじゃ殺されないぜ」

徳江が怪訝《けげん》そうな顔で、こぶしを少しおろした。

「おまえ、なにを言ってる。なんでおれが殺す」

「本気でおれたちが、平井を殺したと疑っているのか」

稲垣も怒りを忘れた様子だ。

「平井だけじゃないだろ」

犯人は平井のクローゼットにストラングラー事件の凶器と、伊武殺害に使用された拳銃を置いた。平井を殺した人物が、すべての事件の犯人だ。

「ちょっと待ってくれ」

稲垣が軽く手を上げた。「平井を殺したのは、簑島だろう。なぜおれたちが疑われるストラングラーかもしれない相手に、どこまで情報を明かすべきか」

有吉は久慈に視線で救いを求めた。

「簑島のことは、捜査本部に任せればいい。私たちは、それ以外の可能性を探っているだけです」

「それ以外の可能性が、どうしておれたちなんだ」

徳江が剣呑さを取り戻した。

「あなたたちを疑っているからです」

久慈があっさり認め、二人が虚を突かれたようだった。

「どういうことだ」

稲垣が一歩、踏み出した。

「現在挙がっている物証だと、平井がストラングラーでありかつ、伊武さん銃撃犯でもあり、簑島はその平井を殺して逃亡中ということになります」

「簑島は葛城陸殺害犯でもある。これは疑惑ではなく事実だ」

徳江はちらちらと有吉を牽制しながら言う。

「そうです。いまの簑島は指名手配犯です。その簑島が警察の捜査網をかいくぐり、平井を殺した」

「それなのになんで、おれらにたいする疑いになる」

徳江が訊いた。

「それは申し上げられません」

「なんで」

詰め寄ろうとする徳江を、有吉はこぶしをかまえて牽制した。

「おまえらのうちどっちかが、犯人かもしれないからに決まってるだろうが」

「マジで痛い目に遭いたいみたいだな」

ふたたびファイティングポーズをとった徳江の目に殺気が宿る。

ボクシング大学チャンピオンか。

二体二で数的には互角だが、勝てる気がしない。ちらちらと視線を動かしながら武器になりそうなものを探していると、久慈が言った。

「平井の部屋の扉には、ピッキングされた痕跡がありました」

徳江と稲垣の、息を吞む気配がする。

稲垣が怪訝そうに目を細めた。

「つまり、ロープや拳銃は平井のものではなく、何者かによって持ち込まれた可能性が？」

「本当なんだろうな」

徳江はまだ疑わしげだ。

「間違いありません。ここだけでなく、簑島の自宅マンションにも、同様の痕跡が残されていたそうです」

二人とも驚きを隠せないようだ。戸惑った様子で互いの顔を見合っている。

有吉は言った。

「平井殺害に使用された凶器のナイフは、簑島のマンションから持ち出されたものだった。もともと簑島の物だから、簑島の指紋が検出されるのは当然だ。平井の部屋から発見されたロープと拳銃についても、ピッキングされた痕跡がある以上、平井のものと断定できない」

「なぜあなたがたなのか、というところまではお教えできませんが、不本意ながら身内を疑わざるをえない状況は、これまでの話でなんとなく察せられると思います」

徳江がこぶしをおろし、稲垣は前のめりだった上体を引いた。

久慈が二人を見る。

「我々も身内を疑うような真似《まね》はしたくありません。しかし身びいきに囚われて真実を見誤るのは、それ以上に避けたい。そこであらためてうかがいますが、平井が殺害された夜、あなたがたはどこでなにをなさっていましたか」

アリバイを確認され、徳江が反発しそうな気配を見せる。

「ちなみに私は、本庁の資料室で調べ物をしていました」

久慈の告白に、有吉は弾《はじ》かれたように顔を向けた。

「疑わしい同僚たちの経歴を――あなたがたも含めて、調べていました。休憩しようと廊下に出たときに、四課の鈴木《すずき》と会って立ち話をしたので、鈴木に確認してくださればアリバイは成立します」

そんなことをしているなんて、まったく知らなかった。

気づけば、徳江と稲垣の視線がこちらを見ていた。おまえはどうなんだと、目が問うている。

「おれはその時間、家に帰って寝ていた。だが直前まで近所の居酒屋で飲んでいたから、そこの店主に確認してくれれば、犯行が不可能なのははっきりするはずだ」

「店の名前は」

本気で連絡するつもりらしい。稲垣がスマートフォンのメモ画面を開いている。

身内に探られるっていうのは、こういうことか。平井に襲われたときには、むきになるのは後ろめたい事情があるからではないかと勘ぐったが、そうとも限らない。死んだ平井に心の中で詫《わ》びながら、店の名前を告げた。

「ではあなたたちの番です」

久慈が二人を促した。

まず口を開いたのは稲垣だ。

「その時間は自宅にいた」

「それじゃアリバイにならねえな」

有吉は言う。

「だが直後に家を出た」

「そんな時間にか」

平井の死亡推定時刻は、午前一時から三時の間とみられている。昼間の仕事をしている人間が出歩く時間ではない。

「うちの親父《おやじ》が認知症でな。深夜に徘徊《はいかい》することがあるんだ。あの夜も、親父の姿が寝室から消えているのに妻が気づいて、二人で近所を探し回った。近所のコンビニの店員に親父の写真を見せて聞き込みしたので、その店員に確認してくれれば、アリバイが成立するだろう」

「コンビニの場所を教えていただけますか」

稲垣は素直に店の場所を話した。大手チェーン店で詳しい店名まではわからないというが、スマートフォンで検索した店の名前を伝えると、そこで間違いないと頷いた。おそらく嘘は言っていない。長年刑事をやっていると、有吉にもそのぐらいの勘は働く。

三人の視線は、自然と残る一人に吸い寄せられた。

徳江が視線を泳がせる。

「な、なんだよ。おれのことを疑うのか」

「疑いたくないので、自分から話して欲しいのです」

久慈が言い、疑いの晴れた稲垣も援護射撃する。

「なにもなければ話せるはずだ」

「稲垣。てめえ、裏切るのか」

「おれだって身内を疑いたくはない。だが、もしもピッキングが事実なら、平井は誰かにハメられた。簑島もな。現役の刑事を、しかも二人も陥れられるほどの人間は、一般市民にはそういない。本当に裏切り者が身内にいると、疑わざるをえない」

「本当にピッキングなんかされてるのか。口から出任せじゃないのか」

徳江が平井宅の扉を見る。

「私が懇意にしている業者に見てもらいました。空き巣で三度服役した過去のある男です」

「そんなやつの言うこと、信用できないだろう」

「正式な手順で調べてもらってかまいません」

「ならそうしようぜ。鑑識に調べさせて、本当にピッキングの痕跡が見つかったら話す」

「おかしいだろ」と、稲垣が両手を広げた。

「どうしてそこまで渋る。平井が殺されたとき、どこでなにをしていたか話すだけで潔白が証明されるっていうのに」

「なんでなにもやっていないのに、潔白を証明する必要がある」

「刑事とは思えない発言だな。そんなこと言ってたら、誰にも疑いを向けることができなくなるぞ」

　有吉が足を踏み出すと、胸ぐらをつかまれた。

「うるせえんだ！　おれはやってねえ！」

　有吉は徳江の手首をつかむ。

「ボクシングなら負けるかもしれないが、柔道ならおまえに負けない」

　有吉の手を振り払い、徳江が後ろに飛び退《の》く。

「どうした、徳江。なんでアリバイを立証しない」

　稲垣の顔には、同僚にたいする明らかな疑念が浮かび始めている。

「疑われるのが不愉快なんだ」

「自己申告できないのであれば、こちらで勝手に調べさせていただきます」

　平坦に告げる久慈のほうを、徳江は見た。

「そんなこと許さない！」

「許すとか許さないの問題じゃねえんだよ」

　有吉が近寄ろうとすると、こぶしをかまえて牽制された。

　稲垣が諭す口調になる。

「なあ、徳江。いまのおまえの反応は、おれから見ても不自然だ。疑われるのが不愉快なのはおれだって同じだが、だからこそアリバイを立証して疑いを晴らせばいい。なのに強硬にそれを拒むのは、なにかよからぬ事情があると勘ぐられてもしかたがない」

徳江が戦闘態勢で三人を牽制しながら、じりじりと後ずさる。隙を突いて逃げるのか、それとも襲いかかってくるのか。

どちらでもなかった。

徳江は両手をおろし、長い息をついた。

「生活安全課の君塚《きみづか》……と、一緒にいた」

名前だけ言われてもピンとこない。有吉は久慈を見た。

「女性警察官です。たしか既婚で、夫も警察官でした」

「あんた、不倫してたのか」

拍子抜けして全身が脱力した。てっきり、この男がストラングラーだとばかり思って緊張したのに。

すると徳江が両膝をつき、合掌で拝んできた。

「後生だ。おれのアリバイを君塚に確認するのはかまわないが、旦那にバレないようにしてもらえないか」

全身から集めたようなため息が漏れる。

「なにやってんだ。バレて困るようなことするなよ」

とはいえ、おそらく真実を語っている。

ふいに頭の隅を閃《ひらめ》きがかすめ、有吉は目を見開いた。

久慈を見る。いつもの無表情だが、おそらく同じことを考えている。

裏を取ったわけではないが、稲垣も徳江もアリバイが存在し、おそらく嘘を語っていない。ということは平井を殺してはいない。

ストラングラー候補者リストに残る三人から二人が消えた。

ということは——。

5

二階にのぼると外廊下沿いに扉が四つ並んでいた。

碓井と望月が向かったのは、突き当たりにある扉だった。階下から見たところ、その部屋の扉のノブに、電気使用申込書がぶら下げられていたのだ。つまりこの部屋は住人のいない空室ということがわかる。

「ありましたね」

早足になった望月が、水道メーターの前でしゃがみ込んだ。

水道メーターからのびた配管に、大きな錠前のようなプラスチックケースが取り付けてあった。キーボックスだ。

碓井は扉の上の電気メーターを見上げる。ほとんど回転していないので、電気は使用されていない。扉越しに耳を澄ませてみても、人の気配は感じられなかった。おそらく空振りだと思うが、確認せずに立ち去るわけにはいかない。

玄関扉の横の窓は、磨《す》りガラスになっている。単身者用アパートのようなので、窓の向こうはキッチンだろう。

碓井は窓に手をつき、左右に力を加えてみた。動かない。施錠されている。

すると望月がポケットから小さな金属の棒を二本、取り出した。コンビニで購入したヘアピンだ。周囲に人目がないのを確認し、鍵穴にヘアピンの先を突っ込む。錠の外れる音がするまで、ものの数十秒といったところか。昔は悪さを働いていたというが、こんな技術まで仕込まれていたとは。

扉を開けて中に入る。閉め切った部屋特有のもわっとこもったような空気が不快だ。がらんとしたワンルームで広さは六畳ほど。正面に大きな窓があり、左手にユニットバスの扉、奥には一間ほどの収納の扉が見える。

長らく人が出入りした様子はなさそうだが、ユニットバスと収納の扉を開け、誰もいないのを確認する。

「やっぱいねえな」

近辺を走り回り、すでに六軒の空室に不法侵入していた。

「じゃあ次っすね。行きましょう」

「本当に簑島はこの近くにいるのか」

「おれに訊かないでくださいよ」

空振り続きで、望月も少し機嫌が悪そうだ。

望月の特技のおかげで、予想以上のペースで数をこなせている。だが少子化や過疎化の影響か、思った以上に空き物件が多かった。人目を避けて潜伏しようとするなら好都合かもしれないが、捜索するほうは大変だ。

望月が扉を開けようとして、すぐに閉める。

「どうした」

扉に耳をあてて、外の音を聞こうとしているようだった。

やがてこちらを見ながら、唇の前に人差し指を立てる。

誰か来たのかと唇の動きだけで問いかけながら、すでに背筋に冷たいものが滑り降りていた。碓井たちのやっていることは、紛れもない不法行為なのだ。大家に見つかったら、警察に通報されかねない。

耳を澄ませると、声が近づいてきていた。二人の男。一人が丁寧語で相手の機嫌を取ろうとしている。

大家ではない。おそらく不動産仲介業者と内見希望の客。

とっさにそう判断した碓井は、望月を押しのけて扉を開け、部屋を出た。

素早く水道メーターを隠すようにしゃがみ込み、キーボックスの四桁のダイヤルを出鱈《でたら》目《め》に回した。

足音が近づいてくる。

「こちらの物件は築が浅くて綺麗だし、コンビニも近くにあるので便利なんですよ」

やはり不動産仲介業者のようだ。

碓井は立ち上がり、まだ部屋の中にいる望月に声をかける。

「いかがでしたか、こちらの物件」

望月は意表を突かれたようだったが、すぐに意図が伝わったようだ。

「うん。悪くない」

「ではこちらの物件に決められますか」

歩み出てきた望月が、腕組みをして首をひねる。

「どう……かなあ」

気配がすぐそこまで近づいてきた。

碓井はいま気づいたという感じで振り返る。

「どうもこんにちは。お疲れさまです」

スーツ姿の三十代くらいの男と、ネルシャツの若い男が立っていた。

「内見されていたんですか」

スーツの男が訊《たず》ねてくる。

「ええ。鍵はキーボックスのほうにしまいましたので。暗証番号は、ええと……」

碓井は水道メーターを手で示した。

「大丈夫です」と、スーツの男が頷く。「中島《なかじま》不動産さんからうかがっていますので」

「そうですか。では私たちはこれで」

行きましょうと、望月を促し、新たな訪問者たちと入れ替わりに立ち去ろうとする。

「待ってください」

スーツの男に呼び止められ、心臓が止まりそうになった。

「はい？」

「入居申し込み、されるんですか」

先に入居申し込みをする者がいたら、内見するだけ無駄になる。感触を確認しておこうというわけか。

「どうされますか。かなり人気の物件みたいですけれども」

碓井は望月に上目遣いで問いかけた。

「そうだなあ」

望月が首をひねる。やたらと芝居がかったしぐさにひやひやする。

「ここもすごくいいんだけど、さっきの物件、もう一度見たいかな」

「承知しました。そうなると早い者勝ちですから、こちらのお部屋、埋まってしまう可能性もありますが」

「あの僕、入居申し込みしていいですか」

先を越されまいと思ったのか、ネルシャツの男が手を上げた。

二人は足早にその場を立ち去った。

「心臓止まりそうになったぞ」

助手席に乗り込み、ようやく指先に血が通い始める感覚があった。

「勝手に入って悪いけど、大家さんには良いことしましたね」

ネルシャツの男はろくに内見もせずに入居申し込みを決めていた。家賃がいくらか知らないが、日当たりは良いし、悪い部屋ではなさそうだったので、後悔はしないだろう。

「次、行きますか」

「さっきみたいなのは御免だぞ」

「いまみたいな感じで誤魔化せばいいじゃないっすか」

「バカ。いまのは運がよかっただけだ。客を案内してきたのが、大家自身だったら終わりだ」

「そう考えると、空き家に潜伏するっていうのも気が休まりませんね」

「いまの簑島さんの立場じゃ、どういう状況だって気が休まることはないだろ」

「あー、簑島の旦那、なにやってんのかな」

望月がアクセルを踏み込み、車は走り出した。東京ほど集合住宅が多くなく、また住宅同士も密集していないので、車で流しながら捜索することになる。集合住宅らしき建物を見つけたら近づいていき、空き部屋がないか観察する作業を繰り返した。

そして一時間ほど過ぎたころだった。

「電話じゃないか」

碓井は言った。どこからか振動音が聞こえている。

「本当だ」

望月がポケットからスマートフォンを取り出し、液晶画面を確認した。

そしてすぐにウィンカーを出して車を左に寄せ、ブレーキをかけた。

「仁美さんです」

碓井は弾かれたように望月を見た。

望月はすでに、スマートフォンを耳に当てている。

「はい。もしもし」

漏れてくる音声に耳をかたむけ、碓井は眉をひそめた。

声は男のものだった。聞き覚えのないイントネーションと口調だった。おそらく、碓井の知る人物ではない。

「は？　あんた、なに言ってんの？」

ふいに、望月が大声を出した。相手を威圧しているようにも、怯《おび》えているようにも聞こえた。

すわストラングラーか。碓井は会話を聞き取ろうと、望月に顔を近づける。

望月がスマートフォンを耳から離し、スピーカーに切り替えてくれた。

『だから警察の者ですが、明石仁美さんかもしれない女性が亡くなっていたので、身元の確認をお願いできませんでしょうか』

心臓がとくん、と跳ねた。

「んなわけないだろうが！」

望月が電話を怒鳴りつける。

『まだはっきりしていないんですよ。なにせアパートの空室で亡くなられていて、掃除に来た管理業者の方が発見されたので。財布に入っていた健康保険証には明石仁美さんという名前が記載されていたので、身元確認のため、こうして携帯電話の着信履歴に残っていた番号にかけているんです。あなた、明石仁美さんのお知り合いですか』

震える息を吐きながら、望月が救いを求めるような顔でこちらを見る。

碓井にもどう反応していいのか、わからなかった。

第五章

1

特徴的なくせっ毛頭をした小太りの男が、前方から廊下を歩いてくる。

有吉と久慈は通せんぼをするように横並びになり、男に歩み寄っていった。

伏し目がちに歩いていた男が、迷惑そうに顔を上げる。

「おはようございます。中原さん」

有吉はわざとらしく大きな声で挨拶し、久慈は無言で会釈をした。

「おはよう」

中原浩一は軽く頷《うなず》くと、通してくれという感じで手刀を立てた。

しかし有吉と久慈は互いの肩を近づけ、中原の進路を塞《ふさ》ぐ。

「なんの真似《まね》だ」

中原が二人の顔を見る。

「ちょっと、顔貸してもらえませんか」

有吉が髪をかきながら言うと、中原は眉間《みけん》に深い皺《しわ》を刻んだ。

「おまえ、それが先輩にたいする態度か」

「いいから来てくださいよ」

腕を取って近くの会議室に誘導しようとしたが、振り払われた。

「ふざけるな。用件を言え」

「ここで言われたらまずいんじゃないですか。いちおう先輩相手なんで、こっちも気を遣ってるんですが」

「は？」

怒りを露《あら》わにする先輩刑事の態度に、違和感を覚えた。

三人にまで絞られたストラングラー候補から、稲垣と徳江が消えた。平井が殺されたとき、稲垣は認知症で徘徊《はいかい》する老父を探しており、徳江は不倫相手と過ごしていた。どちらについても、アリバイの裏は取れた。

ということは、残る一人がストラングラー。

それがいま有吉たちを三白眼で睨《にら》んでいる、中原浩一だった。

「いいんですか、ここで話しても」

念を押したが、中原は一歩も引かない。

剣呑《けんのん》な空気を感じ取ったらしい同僚たちが、遠巻きに様子をうかがっている。

「いいからさっさと話せ、なんなんだ、おまえらは」

どういうことだ。なぜここまで堂々としている。

有吉は視線で久慈に助けを求めた。

いつも無表情の久慈の顔にも、かすかな困惑が見てとれる。

「昨日まで、お休みされていましたね」

昨日、米子で明石仁美なる女性が遺体で発見された。明石仁美は、簑島が無実を証明しようとしていた明石陽一郎の妻だ。

そしてストラングラーと思われる中原浩一も、昨日まで三日間、仕事を休んでいた。

「それがなんだ。親戚《しんせき》に不幸があった。きちんと届け出している」

「その親戚の方の家は、どちらですか」

「千葉《ちば》の市原《いちはら》のほうだ」

「市原の、どのあたり？」

「なんでそんなことを……」

むっとする中原に質問をかぶせる。

「証明してくれる人はいますか」

「あ？」

「中原さんが昨日、間違いなく市原にいたと証明してくれる方はいますか」

「なんだ、それは」

中原の声が爆発寸前の怒気をはらむ。

「中原さんがある事件に関与していると、私たちは考えています」

久慈の言葉に、中原は顎《あご》を突き出し、二人の後輩を見下ろすような顔になった。

「良い度胸じゃないか」

「恐縮です」

久慈は眉《まゆ》一つ動かさずに応《こた》える。

「有吉。おまえもおれを疑ってるのか」

なんだこの自信は。ついさっきまで中原がストラングラーと確信していたのに、急に弱気になってきた。

「いや。まあ、なんと言うか……」

「有吉も同じです」

余計なことを言うなよ。内心で天を仰ぎつつも、覚悟が固まった。

「はい。疑いたくはありませんが、中原さんの無実を証明して欲しいです」

ふん、と不快げに鼻を鳴らされた。

「先輩にアリバイを訊《たず》ねるとはな」

「犯罪捜査に先輩も後輩もありませんので」

つまらなそうに久慈の顔を見つめていた中原が、やがて口を開く。

「いいぜ。おれのアリバイを立証してくれる人間なら、山ほどいる。ただ、その結果、おれへの疑いが濡《ぬ》れ衣《ぎぬ》だと証明されたら、おまえら、わかってるんだろうな」

脳髄に響くような声に、有吉は身じろぎ一つできなかった。

2

「もう、知ってるんですね」

面会室に入ってきた明石を見た瞬間、加奈子は悟った。明石は自分の妻の死を知っている。

これまでなにがあっても凛《りん》としたたたずまいを崩さない、ともすれば冷血漢のような印象を与えてきた明石が、珍しく憔悴《しょうすい》している。長身の筋肉質な肉体が、一回り萎《しぼ》んだような印象を受けた。

椅子《いす》に腰を下ろすと、明石は瞑目《めいもく》して長い息をついた。

「行かせるべきじゃなかった」

「私もそう思います」

「おれは死神だな。かかわった人間を次々死なせてしまう」

弱々しく笑い、姿勢を保っていられない感じで軽く身体《からだ》をかたむける。

「明石さんにも責任の一端はありますが、悪いのはあくまで犯人です」

「犯人」と明石が繰り返す。

「検死の結果は自殺らしいが」

「私のことをバカにしてるんですか」

加奈子は吐き捨てるように言った。

「わざわざ簑島さんに会いに行った先で、自殺するわけがありません。仁美さんは殺されたんです、ストラングラーに」

　昨日、米子にあるアパートの空き部屋で、仁美の遺体が発見された。玄関のドアノブにロープをくくりつけ、首を吊《つ》ったのだという。

「おそらく仁美さんを殺した直後だと思われますが、望月くんが仁美さんに電話をかけたらつながったそうです。話しかけても相手が声を発することはなく、でも男性だと直感した望月くんは、簑島さんだと思ったと話していました」

　望月は電話口で声を震わせながら報告してきた。米子訪問の本当の目的については、現地の警察に話していないそうだ。

「すみません。やっぱり簑島さんにこれ以上、罪を重ねさせるのはなんか違うと思って、望月くんと碓井さんに米子に飛んでもらいました」

「そうか」

　明石が寂しげに目を伏せる。

「私たちの行動も、想定内でしたか」

「予想はしていたが、きみたちを操縦したわけじゃない。きみたちの行動は、きみたちの意思で決めるべきだ」

「明石陽一郎とは思えない、殊勝な物言いですね」

「碓井と望月は、まだ米子か」

「いま現地の警察の事情聴取を受けているそうです」

「その後は」

「わかりません。望月くん、かなり落ち込んでいたし、ストラングラーもこっちに戻っていますから」

眉をひそめる明石に、加奈子は言った。

「七人のリストから一人を絞り込みました。中原浩一です」

さすがに驚いたようだった。

「そうだったのか」

「中原は昨日まで三日間、仕事を休んでいました。仁美さんを殺したのは中原です。いまごろ、有吉さんと久慈さんが接触していると思います」

不自然な沈黙が降りた。

「なんですか」

加奈子は上目遣いに明石を見た。

明石はこぶしを口にあててしばらく考えているようだったが、やがて顔を上げる。

「七人からの絞り込みの過程を、もう一度整理したい」

すでに中原がストラングラーだと確定しているのに、そんなことをする意味があるのか。思ったが、明石なりの意図があるのだろう。付き合ってみることにした。

「神保弘樹、佐藤学、福岡大志、平井貴、稲垣貞信、徳江雅尚――」

「あと中原浩一」

「その七人の名前が、ストラングラー候補として挙がった。七人をリストアップした理由は、世田谷区用賀で発生した殺人事件の捜査本部に参加した捜査一課員で、十四年前に犯行が可能な年齢に達していたであろう三十代以上」

「ええ」

「そこから神保と佐藤、福岡の三人が外れる。その理由は」

「福村乙葉が殺されたとき、現場から地理的に離れた捜査本部に招集されていたためです。彼女を殺害するのは、物理的に不可能でした」

　了解を示すように、明石が顎を引く。

「稲垣、徳江、平井、中原。平井が殺害されて退場したことにより、残りは三人になる」

「そのうち稲垣と徳江にはアリバイが成立しました。有吉さんと久慈さんにより、裏も取れています。いっぽう、中原は身内の不幸という口実で三日前から休んでいました。アリバイについては、いま確認中です」

「まだアリバイが完全に成立したわけではない」

「ですが中原以外に、仁美さん殺害が可能だった人間はいません」

「絞り込んだ候補者の中では、ということだろう？　稲垣、徳江にアリバイが成立し、中原が三日の忌引《きびき》休暇を取っていたため、中原が疑われることになった」

「はい」

「中原がストラングラーだとしたら、わかりやす過ぎないか。三日間の休みで米子に飛び、簑島を探し回った。だがどういうわけか、仁美を殺害し、東京に戻ってくる。事情を知らないやつらは違っても、おれたちは確実に疑う。ストラングラーが平井にすべての罪をかぶせて殺し、平井殺しを簑島にかぶせて始末しようとしていると見抜いている連中は」

「そうですが、ストラングラーが現役の警察官である以上、限られた時間内で犯行を終える必要があります。簑島さんを見つけられなかったからといって、現地滞在を延長したら、それこそ疑いの目が向けられる」

「だがストラングラーは十四年前から尻尾《しっぽ》を出すことなく巧みな工作で誰《だれ》かに罪をかぶせ、自らは罪から逃れることに成功してきた。それはたまたまなのか？」

「たまたま……とまでは言いませんが。犯人にとっての幸運が続いたというのは、あるかもしれません」

次第に自信がなくなり語尾が萎む。

「十四年前の四件、ストラングラーの犯行とされるここ一年の五件、伊武殺し、そして今回の仁美。おれたちが把握しているだけで、十一件もの犯行を完遂している。しかもほぼすべての犯行を別の誰かによるものと見せかける工作まで行って、成功している。刑事として多忙な業務の合間を縫ってだ。一件二件ならありえても、完璧《かんぺき》な幸運はそこまで続かない」

明石が視線を落とし、真剣な顔で一点を見つめる。やがて顔を上げた。

「なぜ仁美は殺された」

いきなり質問をぶつけられ、反応できない。明石はそもそも反応など期待していなかったかのように、すぐに視線を逸《そ》らして話し続ける。

「仁美が死に、望月と碓井は警察の事情聴取や遺体の引き渡しなどの手続きで、しばらく身動きが取れない。その間、簑島の捜索は中断されることになるが、焦る必要はない。なにしろストラングラーと目していた中原が今日から職場復帰する。だがもしも、ストラングラーが中原でなければ、簑島に接触する絶好機じゃないか」

「でも望月くんと碓井さんがまだ簑島さんを見つけられていないように、ストラングラーにとっても、簑島さんの捜索は簡単ではありません」

いまなら誰にも邪魔されずに簑島に接触できる。だが肝心の簑島の居場所がわからないのでは、元も子もない。

「ストラングラーはなぜ仁美を殺した。しかもアパートの空室という、象徴的な場所で」

「それは……いつもの手口じゃ――」

かぶりを振って否定された。

「いつもの手口じゃない。現地の警察は自殺と判断している。殺人行為自体を楽しんでいたような、それまでの現場とはまったく異なる」

その通りだが、それがなにを意味するのか、加奈子には想像もつかない。

明石はやや焦《じ》れたような口調になった。

「ストラングラーは簑島が米子のアパートの空室に潜伏しており、ストラングラーを誘い出そうとしているのを理解していた。だが殺されたのは仁美だった。仁美が簑島に接触できたか定かでないが、ストラングラーに狙《ねら》われた時点では間違いなく一人だった。ストラングラーは米子の街で見つけた仁美をアパートの空室に連れ込み、自殺に見せかけて殺した。なぜそんなことをする必要がある？　簑島をマークしていたのなら、仁美の顔を知っていた可能性は高い。米子の街で簑島を探している最中に、簑島の仲間の女を見つけた。そこで排除しようとするのは、理解できる。だがなぜ、わざわざアパートの空室に連れ込む必要があった？」

「簑島さんの居所を聞き出そうとした？」

「そのために仁美に拷問を加えたのだとしたら、自殺と判断されない」

それもそうだ。

「だとしたら簑島さんへのメッセージ、ですか」

明石はかぶりを振った。

「簑島はスマホを持っていない。持っていたとしても、電源を入れていない。そんな状態でアパートの空室に潜伏しているのだから、ネットのニュースすらチェックできているのかすら怪しい。それほど離れていない場所で自殺死体が発見されたとしても、簑島まで情報が届かない。おれが考えるのは、もっと単純な理由だ」

首をかしげる加奈子に、明石は訊《き》いた。

「近隣のアパートの空室に何者かが勝手に入り込み、あろうことか首を吊って死んだ。住人でもない人間によって、事故物件にされたんだ。きみがもしも自分でも不動産を所有する大家だったら、どうする」

思わず息を呑《の》んだ。

「自分の所有するアパートの空室は大丈夫か、確認しに行きます」

「そうだ」と、明石は顎を引いた。

「簑島はいま、潜伏先からあぶり出された状態ということになる。身を隠す場所がない」

加奈子は二の腕を反対の手でつかんだ。おそらく、全身に鳥肌が立っている。ストラングラーの工作によって潜伏先を追われた簑島はいま、寄る辺なく街を彷徨《さまよ》っている。

「中原がストラングラーでないとすれば、誰が……？」

そこが大きな問題だった。

リストに残った三人のうち、ほかの二人には完璧なアリバイが存在する。消去法で中原がストラングラーに違いないと決めつけていたが、どうやら違う。だとしたら誰がストラングラーだ。そもそもリスト自体が見当違いだったのか。

「ずっと違和感があった。ストラングラーの犯行も、隠蔽《いんぺい》工作も完璧すぎる。まるで超能力者か、それこそ神でも相手にしているかのような錯覚を覚えるほどに」

明石はいつになく慎重な口ぶりで話し始めた。

3

簑島はたっぷり十秒ほど手を合わせた後で、まぶたを開いた。

目の前には墓石がある。米子に来て以来、何度か足を運んで掃除したが、長年風雨に晒《さら》された石の表面が艶《つや》を放つことはなかった。よく目を凝らすと、かろうじて『久保家』という墓碑銘が読み取れる程度だ。

――いつまで死んだ女のことを引きずっている。

伊武の声が聞こえた。今回は声だけでないようだ。隣に気配を感じたかと思うと、男が現れる。オールバックの髪型に、派手な柄シャツ。生きていたときそのままの風貌《ふうぼう》だ。

「いつまでもだ」

簑島は立ち上がり、死んだはずの先輩刑事のほうを見た。もはや幻覚ではなく、実在する人間にしか思えない。いよいよ頭がおかしくなったか。

もう少しだけ持ってくれ。

せめてストラングラーに復讐《ふくしゅう》を果たすまで。

――大丈夫だ。

伊武は人差し指で鼻の下を擦《こす》る。

――おまえは正真正銘の怪物だ。心配しなくても、なんの躊躇《ちゅうちょ》もなく人を殺すことができる。

「殺さない」

簑島の言葉に、伊武が信じられないという顔をする。

――ここまで来てなにを言う。復讐するんだろ。

「逮捕して法の裁きを受けさせる」

それこそが復讐だ。

伊武が盛大に噴き出した。腹を抱えて笑う。

――おいおい。人殺しがなに言ってるんだ。葛城陸に、おまえなにした？

「鉄パイプを突き立てた」

――そうだ。あんな残酷な殺し方、なかなかできるものじゃない。性犯罪で何度も逮捕されてた過去から、世間じゃおまえを擁護する声も挙がってるようだが、おかしいだろ。おまえ自身がやつに犯されたわけじゃない。おまえは怒りと憎しみを独りよがりの正義に置き換えて、一人の若者から未来を奪った。

「やつにどんな未来があった」

伊武がにんまりとする。

――そうこなくちゃな。あんなやつ、生かしてたところでろくなことにならない。便所みたいに性欲のはけ口にされる女が増えるだけだ。おまえは正しいことをした。間違っているのは法律のほうさ。善悪の基準なんて、国が決めることじゃない。法律なんて権力者が民衆を都合よく支配するための、いびつな仕組みだ。人間は動物なんだ。おまえが気持ちよければ善で、おまえがむかつけば悪。それでいい。ごちゃごちゃ御託を並べずに、欲求に従っていればいい。

「それでもストラングラーは殺さない」

――どうしてそうなる。

驚いた様子で両手を広げた伊武が、なにかを悟ったような顔をした。

――明石を助けるためか。

「それもある」

――ほかにはなんだよ。

「おれは警察官だ」

――まだそんなこと言ってるのか。おまえ、人を殺して逃げてるんだぞ。指名手配されてるんだぞ。

「それでもまだ警察官だ」

心底あきれたという感じに、口を半開きにして虚空を見上げる伊武の顔が、ぼんやりと輪郭を失っていく。

やがて現れたのは、若い男だった。赤みがかったマッシュルームヘアに中性的な顔立ち。顔は小さく手足が長い。

葛城陸。簑島が殺した相手だった。

——あんた、おれのこと殺したじゃん。殺しただけじゃなくて、逃げ回ってるじゃん。完全無欠の犯罪者じゃん。それなのにまだ正義マン気取るわけ？

葛城が顔を近づけ、挑発してくる。

「消えろ」

——なんでだよ。自分にとって都合の悪い記憶には消えろってか。そんな身勝手が許されると思うなよ。おれがどんだけ痛い思いをしたか、わかってるのか。

「きさまに暴行された女性たちがどれほどの苦しみを味わったか、わかってるのか」

——言ったたな。

葛城が鬼の首を取ったような顔で指さしてくる。

——いま、たしかに言ったよな。おまえはおれにレイプされた被害者に代わって、おれに復讐をしたんだ。私刑だよ、私刑。もはやそんなやつ警察官でもなんでもない。

それともあれか、と、葛城が覗《のぞ》き込んでくる。

——おれに暴力を振るったのは自分の意思じゃなかったとか、言い訳するつもりじゃないだろうな。伊武の亡霊に肉体を乗っ取られていたから、悪いのは自分じゃないって。

「そんなつもりはない。おまえに怒っているのはおれ自身で、おまえにたいして暴力を振るったのも、とどめを刺したのも、紛れもなくおれの意思だ。責任逃れするつもりも、伊武さんのせいにするつもりもない。だいいち、伊武さんはおれが作り出した幻覚であり幻聴だ。本物の伊武さんじゃない。おまえもな」

横目で睨むと、そこにいるのは葛城ではなかった。

真生子だ。

大きな目に、本人はコンプレックスだと語っていた、ふっくらした頬《ほお》。ショートボブの内巻きになった毛先が、ぷっくりした唇の先までのびている。

Tシャツにポシェットをたすき掛けした格好は、近所に出かけるときの定番だった。Tシャツの胸もとには海外のバンド名のロゴがプリントされているが、ファンでもなんでもなく、たんにデザインが気に入ったと話していた。

十四年前の姿、そのままだ。

簑島は言葉を失った。これが現実でないのは、じゅうぶんに理解している。それでもかまわなかった。実在しないはずのものが、簑島には見えている。

――朗くん、久しぶり。

真生子ははにかんだような上目遣いで微笑《ほほえ》んだ。久しぶりの再会で照れくさいという感じで。

「久しぶり」

――元気そうね。

簑島は自分の身体を見た。仁美が用意してきてくれたシャツとスラックスは、以前の自分ならジャストサイズだった。なのにいまは大きすぎる。

「そうかな。老けただろう」

彼女を過去に置き去りにして、自分だけ年齢を重ねてしまった。

真生子はかぶりを振った。

――そんなことない。すごく素敵になった。

訊きたいことはたくさんある。知らなすぎた恋人の素顔を知るために、簑島は警察官になった。だがいざ本人を目の前にすると、言葉が出てこない。

「ごめんな」

自分でもどうしてそんな言葉が口をついたのか、わからなかった。

――どうして？

真生子が首をかしげる。

「きみのことを、もっと知ろうとするべきだった。そうすれば……」

――私が風俗で働くこともなかったし、ストラングラーに殺されることもなかった？そう思っているの？

簑島は頷いた。彼女を殺したのはストラングラーだが、彼女の死の責任の一端は、自分にもある。

真生子はふいに冷たい目つきになった。

――思い上がらないで。

簑島は息を吞む。

――他人にたいして、そんなに影響力があると思ってるの。大学時代にちょっと付き合ったただけの、ただの恋人じゃないの。若いころの恋人なんて、くっついたり離れたりするものじゃない。ちょっといいなと思ったら遊びに行って、セックスして、その責任を取るために付き合って、でもやっぱり性格的に合わないから別れる。その程度の関係でしょう。

「おれは……」

真生子が意地悪そうに片眉を持ち上げる。

——違う？　そこらの性愛にまみれたカップルとは違って、深い魂の結びつきがあった。そう言いたいの？　私が内緒でデリやってることも知らなかったのに。私がどうしてデリやってるのかも、知らなかったのに。どうして自分だけが特別だと思えるの。

「そうは思っていない」

——思っていないと、そんな傲慢《ごうまん》な考えにはならない。

「傲慢？　おれがか」

——デリなんて、ただのアルバイトじゃない。お客さんの前で裸になってサービスするだけの。やってる子、多いと思うけど。お金を稼ぐために一時期だけやって、お金が貯《た》まったらやめる。最初から最後まで彼氏はそのことを知らない。そういうケースだって山ほどある。私だってそうだったかもしれない。たまたま変なやつに目をつけられて命を落としてしまっただけ。

「そんなの、わかってる」

——わかっていない。わかっていたら、十四年も引きずったりしない。朗くんは、私が殺されたのは自分のせいだと思っている。それってものすごく傲慢なの。本当は自分を責めているんじゃなくて、自分の所有物だと思っていた私をふいに他人から奪われたことと、つまらない女だと侮っていた私に裏の顔があったことを知らされて、プライドが傷つけられただけ。私のために憤っているんじゃなく、たんなる自己愛なの。だから怒りや恨みが薄れることなく、十四年も引きずっているの。自己愛の生み出した怪物なの。

「怪物……」

——そう。他人とかかわらず、他人に興味を持たず、ひたすら自分だけを愛する怪物。だから私の裏の顔を見抜くこともできなかった。ただ、だからといって自分のせいで私が死んだなんて思い上がり。もしも朗くんが私のバイトに気づいてなにか言っていたら、私はバイトじゃなくて、朗くんを切った。

「きみは真生子じゃない」

——そう。私は真生子じゃない。

「おれが作り出した幻覚に過ぎない」

——その通り。私は朗くんが作り出した、実在しない人間。最初からわかっていたのに、どうして私と会話するの。

言葉が出てこない。

——私が朗くんにとって都合の良い存在でいるうちは私と会話して、自分に都合が悪くなってくると幻覚として切り捨てるのね。やっぱり朗くんは、自分にしか興味がない。自己愛しかない怪物。

「もういい。やめてくれ」

――それなら認めて。朗くんがストラングラーにこだわるのは、私のためじゃない。あくまで自分のため。かわいい自分のプライドを傷つけようとする存在が許せないの。

「認めるさ。なんだって認める」

――それならはっきりそう言って。真生子のためじゃなく、自分のためにストラングラーに復讐するんだって。

「おれは真生子のためじゃなく、自分のためにストラングラーに復讐したい。自分のプライドを傷つける存在が許せない」

――あなたは怪物。

「おれは怪物」

――あなたはクズ。

「おれはクズだ！」

両手で髪の毛をつかみ、大声を上げた。

満足げに口角を持ち上げる、真生子の顔の像がぼんやり揺れ始める。

入れ替わりに現れたのは、伊武だった。

――気持ちの整理はついたか。

そんなわけがない。むしろぐちゃぐちゃにかき乱されている。そしてこの混沌《こんとん》とした心理状態こそが、伊武の狙いなのだろう。心のたがをはずして、本性をむき出しにしようとしている。

歩み寄ってきた伊武が、耳もとで囁《ささや》いた。

——来たぞ。お待ちかねの相手が。

後方から砂利を踏む足音が聞こえ、簑島は振り向いた。

紺色のスーツを着た男が歩み寄ってくるところだった。髪の毛を七三に分けて黒縁眼鏡をかけた、刑事というより銀行員のような風貌だが、ワイシャツの胸は筋肉でしっかり盛り上がっている。

「こんなところに墓作ったら、墓参り大変じゃないか。眺めが良いから仏さんにはいいのかもしれないけど」

ハンカチでこめかみを拭《ぬぐ》いながら、男が笑顔で言った。ハンカチを握っていないほうの手には、ペットボトルぐらいの大きさの黒い物体を握っている。よく見ると、スタンガンだった。

簑島の視線に気づいたらしく、男がスタンガンを顔の前に持ち上げた。

「これな。この場でおまえを殺してもいいんだけど、自殺に見せかけるか、殺人の証拠ごと跡形もなく消えてもらわないと困るんだ。ほら、刃物だと血痕《けっこん》が残る可能性があるだろ」

「殺人を犯して警察から逃亡中の犯人が、自ら命を絶つというストーリーですか」

「ありがちだけど」と、男がハンカチをポケットにしまう。

「ありがちなストーリーこそ、受け入れられやすい。理解できないものは歓迎されない。大衆は理解したいんだ。いや、理解したつもりになりたい。わかったつもりになって安心したいのさ」

男がスタンガンを振りながら演説する。

簑島は静かに息を吐いた。

「あなたがストラングラーだったんですね。神保さん」

神保弘樹。

候補者リストに掲載されていた同僚は、不敵に唇の片端を持ち上げた。

4

曲がり角から誰かが出てくる気配を感じて、碓井は慌てて煙草《たばこ》を揉《も》み消した。吸い殻を携帯灰皿にしまいながら、火を点《つ》ければもう少し吸えたかもしれないと後悔する。

曲がり角から出てきたのは、制服を着た警察官だった。まだ若い、男の警察官だ。目が合った瞬間に直感した通り、話しかけてくる。堅気離れした風貌は自覚しているので、職務質問をかけられるのにも慣れっこだった。

「こんにちは」

「お疲れさまです」

碓井は敬礼したが、同じしぐさが返ってくることはなかった。

「なにをしてるんですか」

「連れを待ってるんです」

背にしたブロック塀を顎でしゃくる。ブロック塀の向こうには、警察署の建物が見えていた。

「事情聴取が思いのほか長引いちゃって、煙草吸ってたんですよ」

へえっ、という制服警官の顔から、急速に自分への興味が失われていくのがわかった。その印象の通り、形式通りの身分証確認を行うと、「煙草は所定の喫煙所でお願いしますね」と念押しして去っていく。

警察官の姿が見えなくなるなり、碓井は新しい煙草に火を点けた。吸いたいというより、吸わずにいられなかった。

なぜ仁美が死んだのか。

いや、なぜ仁美が殺されなければならなかったのか。

自殺を装ってはいるが、碓井は他殺だと確信していた。ストラングラーにやられたに違いない。

仁美のことを、けっして好いてはいなかった。むしろ嫌っていた。おそらく碓井の感情は向こうにも伝わっていたし、だから仁美との関係は、つねに見えない壁を隔てているかのようだった。資産家との結婚離婚を繰り返して財をなした女など信用できなかったし、仁美を排除したかたちでの活動を、つねに模索してきた。無邪気に仁美を慕う望月に苛立《いらだ》ちを覚えることも、少なくなかった。

だからといって、仁美が死んでも気にならないほどの冷血漢ではない。いつか明石に飽きて自分から離れていくだろうと侮っていた女が、結果的に明石のために殉《じゅん》じることとなった。

仁美は最期の瞬間、なにを思っただろうか。誰を思っただろうか。簑島に会うことはできただろうか。簑島は仁美の死を知っているだろうか。

いますぐにでも動きたい気持ちだった。なのに、望月の事情聴取が長引いて身動きが取れない。

だから遺体の身元確認なんて、するんじゃなかったんだ。

紫煙とともに舌打ちを吐き出す。

望月の気持ちはわかる。慕っていた仁美が遺体で発見されたと聞かされれば、本当に仁美なのか確認したいだろうし、東京から遠く離れた地で遺体を独りにしたくもないだろう。

だが現実問題として、家族でもない望月がしゃしゃり出ていけば、面倒なことになるのは目に見えていた。家族ではない親しい関係の異性同士が、同時期に同じ場所を訪れ、女性のほうが死んだ。しかもさらに厄介なことに、望月の使用しているスマートフォンは、仁美の名義で契約されたものだった。そのほか、望月は自由に使えるクレジットカードまでも、仁美から与えられている。他殺まではいかなくとも、二人が親密な関係であり、なんらかのトラブルが発生して、それが自殺の引き金になったのではと勘ぐられるのは当然だった。

警察から電話がかかってきたとき、即座に望月のスマートフォンを奪い取って投げ捨てていればよかった。仁美のことももちろん大事だが、生きている人間のほうを優先すべきだ。一刻も早く、簑島に接触しなければならない。

唯一、幸いなのはいま現在、簑島に生命の危機が及んでいないということぐらいか。中原浩一、徳江雅尚、稲垣貞信。三人にまで絞られたストラングラー候補のうち、徳江と稲垣については平井貴殺害のアリバイが成立したという報告が、有吉と久慈から入っている。

消去法でもっとも疑わしい存在に浮上した中原のアリバイについては未確認だが、昨日まで三日間の休暇を取っており、今日、東京の警視庁本部庁舎に出勤しているようだ。ストラングラーは、いま、この地にいない。

ふいにスマートフォンが振動した。加奈子からの音声着信だった。

「もしもし」

『もしもし、碓井さんですか。いま、どんな感じですか』

「どうもこうも、望月のやつが捕まっちまって身動きが取れない」

『時間がありません。急いで簑島さんを探してもらえますか』

碓井は眉をひそめた。

「時間がないってどういうことだ」

『ストラングラーが簑島さんを狙っています』

「ストラングラーは、中原浩一なんだろ」

『中原のアリバイが成立しました。昨日まで三日間、たしかに市原の親戚の家に滞在していたそうです』

全身が硬直した。

「じゃあ、仁美は誰が……」

『それはわかりません』

「わからないって」

頭が混乱する。三人の候補全員にアリバイが成立したのであれば、三人はストラングラーではない。絞り込み自体が見当外れということになるのだろうが、だとすれば捜査は一からやり直しだ。

それなのに加奈子は、ストラングラーが簑島を狙っていると断言している。尋常でなく焦りを滲《にじ》ませた様子からも、確信に近いのだろう。

「いったいどうなってる。ストラングラーの正体はわかったのか」

『わかりました。神保弘樹です』

名前を聞いて、すぐに顔が浮かんだ。最初に七人に絞り込んだときに残っていた捜査一課員だ。

「どういうことだ。神保は福村乙葉事件について、アリバイが成立したはずじゃ」

福村乙葉殺害時、地理的に離れた場所の捜査本部に招集されていれば、物理的に犯行が不可能になる。だから七人のうち三人が除外された。神保も三人のうちの一人だった。

『神保は福村乙葉殺害については、おそらくシロです』

「あの事件はストラングラーの仕業ではなかった……ってことか」

『違います。ストラングラーの仕業ですが、やったのは神保ではないというのが、明石さんの見解です』

なにを言っている。神保弘樹がストラングラー。

しかし福村乙葉を殺害したのは、神保ではない。

ふいに閃《ひらめ》きが弾《はじ》け、全身が粟立《あわだ》った。

そんなバカな。

だがそう考えることで、すべての違和感に説明がつく。

「ストラングラーは……」

碓井が自分の推理を話すと、『そうです』と加奈子から返事があった。

5

「下に車を止めている。一緒に来てもらおうか」

　神保がスタンガンをこちらに向けながら歩み寄ってくる。

「嫌だと言ったら？」

　簑島は後ずさりながら言った。

「手荒な真似はしたくない」

　スタンガンを押しつけるしぐさをされた。

「それはこちらも同じです。おとなしく出頭して、罪を認めてください」

　神保が鼻で笑う。

「人殺しのおまえが言うことか」

「それはお互いさまでしょう。おれも自首するから、一緒にどうですか」

「バカいうな。自分から罪を認めて死刑宣告を受けるなんて、ナンセンスもいいところだ」

「警察官の言葉とは思えませんね」

「なあ、簑島。どうして人を殺しちゃいけないんだ」

「法律で定められているからです」

「法律ってのは、誰かが決めたルールだ。ルールってのは、ゲームを円滑に進めるために共有される決まりごとだ。守ってもよし。抜け道を探してもよし」

「人を殺して、抜け道もなにもないでしょう」

「あるさ」と、神保は即答した。

「人を殺して捕まったら、裁判にかけられて罰を受けなきゃいけない。ようするに捕まらなければ罰を受ける必要はない。法律は人を殺した人間を捕まえて罰を与えると決めているだけだ。捕まらずに逃げ切れば、罰を受ける必要はない」

「それが抜け道ですか。ずいぶん乱暴な理屈ですね」

簑島は嘲《あざけ》りの笑いを漏らした。

「乱暴かもしれないが、真理だ。すべての犯罪者が捕らえられるわけでも、罰を受けるわけでもない。悪逆の限りを尽くしても、人生逃げ切れるやつは存在する。成功者を目指して努力するのは正しいとされるのに、罰せられない犯罪者を目指して努力するのは、なぜ悪い」

伊武の声が聞こえてくる。

――こいつの言う通りだ。悪さを働いたら自分の身に返ってくるなんて言うが、そんなのは偉いやつが愚衆を都合よく操るための詭弁《きべん》でしかない。他人を騙《だま》すことも利用することもせず、勤勉に働く人間が報われることのほうが少ない。

「おれはルールを踏まえてゲームをプレイしているだけだ。人を殺すと罰せられるのではなく、人を殺して捕まると、罰せられる。だったら罰せられないようにすればいい。そのためにはあらゆる手を使う」

――かあっ。しびれるね。いいこと言うじゃないか。罪を犯しても捕まらなければいい。まったくだ。

「黙ってろ」

伊武に向かって吐き捨てる。簑島の視線の向きが不自然なのに気づいたらしく、神保が怪訝《けげん》そうに目を細めた。

──なんでだよ。ついに同じ価値観の相手と巡り会えたんだ。おまえとあの男は、まるで双子だ。あるいは、生き別れの兄弟みたいじゃないか。

「あの男と同じなのはおれじゃない。おまえだ」

──何度も言うが、おれはおまえだ。おまえの作り上げた幻覚であり、おまえの秘めた欲望の代弁者であり、もう一人のおまえだ。おれが勝手に思ってるんじゃない。おまえが日ごろ抑え込んでるただれた欲望が、おれの口を通じて漏れ出しているだけだ。

「そんなのはわかっている」

わかっているから、黙っていてくれ。

懸命に念じてみたが、伊武はかえって存在感を増してくる。

──わかってるなら話は早い。誰かが決めたルールなんて糞食《くそく》らえだ。おまえはやりたいことをやればいい。たとえ法律に違反していようが、犯行が公にならなければなにもしていないのと同じだ。人を殺したって、死体が見つからなければ事件にはならない。

「やつを殺さない」

伊武にというより、自分に言い聞かせる。神保を殺してしまえば、真相究明の機会は永遠に失われる。そうなれば明石の無実を証明することができない。

——そんな生半可な気持ちで大丈夫かね。やつの身体を見てみろ。背丈はそれほどでもないが、ありゃかなり鍛えてるぞ。しかも殺人に慣れていて、おまえのことも殺すつもりでかかってくる。そんな相手を生け捕りにするなんてさ。

「それでもやるしかない」

「さっきからなにを一人でしゃべっている」

神保の声で意識を引き戻された。

「葛城を殺《や》ったと聞いたときから薄々感じていたが、おまえ、やっぱりいかれてるようだな」

眼鏡の奥の瞳《ひとみ》が細められ、凶暴な光を放つ。

「あんたほどじゃない」

「褒め言葉として受け取っておこう。少し長くなってしまったな。積もる話は車でしよう。来い」

「嫌だ」

歩み寄ってきた神保が、流れるような動きで右手に持ったスタンガンを突きつけてくる。

簑島はとっさに避《よ》け、神保の右手首に手刀を打ちつけた。神保の右手から離れたスタンガンが、バチバチと激しい音の余韻を残しながら地面に落ちる。

神保はスタンガンを目で追ったが、拾いに行くのは諦《あきら》めたようだ。姿勢を低くしながら突進してくる。おそらくレスリングの経験者だ。タックルを避けることができず、腹に組みつかれた。何度か身体をひねっても脱出できない。そのまま押し込まれ、立っていられなくなって仰向《あおむ》けに倒れる。

まずい！

身体を回転させて逃れようとしたが、神保のほうが早かった。簑島に馬乗りになり、両手のこぶしを交互に振り下ろしてくる。

簑島は両腕で顔を覆って攻撃をガードした。が、ガードをかいくぐったこぶしがこめかみに命中し、脳が揺れる。そこからはサンドバッグ状態だった。殴られるまま、顔が右に左に向きを変える。視界が滲み、意識も遠のいてくる。

ふいに、遠くに伊武の声がした。

——だから言ったんだ。おまえは肝心なところで甘い。相手が殺しに来るんだから、こっちも殺すつもりでいかないと勝負にならない。

応える余裕すらない。ただ殴られ続けながら、意識が薄れていく。

——正々堂々と殴り合って勝つ必要はない。どんな手を使っても勝てばいい。それがこの勝負の、ルールだろう。

時間が飛んだような感覚があった。一瞬だけ意識を失ったのかもしれない。だがそのおかげで意識がはっきりした。

簑島は右手で地面をつかんだ。小石の交じった砂の感触がする。それを神保の顔目がけて投げつけた。

砂の煙幕が広がり、神保が両手で自分の顔を覆う。簑島は拘束から逃れ、立ち上がって神保の腹を蹴《け》り上げた。

軽く浮き上がった神保の身体が、仰向けに倒れ込む。

簑島は神保に飛びつき、馬乗りになった。反撃の余地を与えないよう、懸命に両手を振り下ろす。だが殴ろうとした拍子に手首をつかまれ、やがてもう片方の手首もつかまれる。それでも攻撃を止めるわけにはいかない。千載一遇のチャンスだ。

両手首をつかまれたまま、上体を大きく仰《の》け反《ぞ》らせ、勢いをつけて頭突きを見舞う。簑島の額の上の硬い部分が、神保の鼻のあたりに命中した。ごん、と鈍い音が頭蓋《ずがい》の内側で響く。直後に、簑島の手首を握る力が緩んだ。両腕を大きく振って拘束から脱出する。

一発、二発。相手の顔にこぶしを叩《たた》き込んだ。いつの間にか眼鏡が外れた神保の目はうつろで、鼻から流れ出た血が、顔の下半分を赤く染めている。

神保の顔の横あたりの地面に、直径七センチほどの石が落ちているのに気づいた。簑島は石をこぶしで握り込み、神保の顔を殴り続けた。やがて完全に意識を失ったらしく、神保は白目を剝《む》いて口から泡を噴く。

——いいぞ！　殺せ！　そのまま殺せ！

伊武の声で、逆に冷静さを取り戻した。簑島は振り上げたこぶしを止める。

——どうした。なんで止める。

「……殺さない」

脳裏に明石の顔を思い浮かべた。

おれは復讐のために戦っているのではない。これは真相を究明するため、明石の無実を証明するための戦いだ。

——わかってるのか。こいつを警察に突き出したところで、裁判だけで何年もかかる。死刑執行はさらにその先だ。おまえの苦しみは、そのぶん長引くことになる。

「苦しみは、どのみち消えない」

心にぽっかり空いた穴は、けっして埋まることはない。真生子を殺した犯人が明石だと信じていたころだって同じくらい苦しかったし、かりに明石が死刑に処せられたとしても同じだっただろう。この苦しみは、きっと生涯続く。

伊武の笑い声が響いた。

——この期《ご》に及んで甘ちゃんだな。まだ人間でいたいと望むのか。いい加減に気づけ。おまえは普通じゃない。おまえはいかれてる。おまえは怪物だ。

「だとしても、人であり続ける努力はする」

——とっくに一人殺した人間の吐く台詞《せりふ》じゃないだろ。

「罪は償う」

——罪は償えないんだ。これだけ服役したら償ったことにしてあげますって誰かが決めただけで、実際に償える罪はない。やったことはけっして消えない。

神保はひゅうひゅうと雑音混じりの息を吐きながら、胸を膨らませたり萎ませたりしている。ほとんど意識はなく、かろうじて生きているという雰囲気だ。反撃の意思は感じられないし、その体力も残っていないだろう。

簑島は握り締めていた右手を開いた。地面に落ちた石が、ころころと転がっていく。

——おまえには心底あきれたぜ。その甘さが命取りになる。どうなっても知らないぞ。

そのとき、背中に針で刺すような痛みを感じた。全身から力が抜け、神保に折り重なるように倒れ込む。

全身が痺《しび》れて動けない。

なにが起こった？

ごろんと横に転がると、視界にはいちめん真っ青な空が広がった。

そこに人影が現れる。

男だ。

視界が滲んでいる上、逆光になっているので、顔までは確認できない。それでも男の手にスタンガンが握られているのはわかった。神保のスタンガンを拾い、簑島の背中にあてたようだ。

誰だ——問いかけたくても声が出せなかった。

6

ストラングラーは一人ではない。少なくとも二人以上のグループで犯行に臨んでいる。加奈子の口からその話を聞いたとき、全身が震えた。同時に、これまでなぜその可能性を検討すらしなかったのかと悔いた。

十四年前の四件の連続殺人の罪を、明石に着せる工作。ここ一年のうちに発生した五件の連続殺人と伊武銃撃事件を平井にかぶせて殺し、平井殺しを簑島に着せる工作。たった一人ですべてやり遂げるのは、並大抵ではない。それなのに、グループによる犯行を疑わなかったのは、そんな非道なことをする人間が何人も、しかも身内にいて欲しくないという願望があったせいだ。願望が視界を曇らせ、現実を歪《ゆが》めて見せた。

明石によれば、ストラングラーは複数人で構成された殺人グループで、犯行に及ぶメンバーは毎回一定ではない。ということは、福村乙葉事件のアリバイが存在したからといって、ストラングラー候補から除外する理由にはならない。

七人のうちの一人、神保弘樹が今日から休暇を取っているらしい。簑島捜索のためにこちらに向かったと予想されるが、おそらく一人ではない。数人の仲間たちが入れ替わり立ち替わり米子入りして、簑島を捜索している。仁美を殺した犯人は、すでに米子を離れているかもしれない。

簑島だってストラングラーがグループだという可能性は、考えもしていないだろう。これまでは簑島がストラングラーを殺してしまうのではないかと心配していたが、いまは逆だ。相手が一人という決めつけが、命取りになりかねない。一刻も早く簑島を見つけ、ストラングラーの正体を伝えなければ。

碓井は警察署の玄関をくぐった。ロビーを抜けてエレベーターに乗り、刑事課の入った三階へ向かう。

広い空間が一課と二課の島に分かれ、さらに強行犯係、盗犯係などの小さな島が出来上がっている。

碓井はデスクの島の横を通過し、奥へと進んだ。そこにはパーティションで区切られた、簡素な応接スペースがある。ついさっきまで碓井もそこにいたのだが、望月への事情聴取が長引いたので、煙草を吸いに出たのだった。

応接スペースに入ると、ローテーブルを挟んで、スーツ姿の刑事と向き合っていた望月が顔を上げた。しかめっ面で頭に両手をあてた姿勢で固まっているので、相変わらず話が通じなくて苛立っていたのだろう。

碓井は望月に歩み寄り、顎をしゃくった。

「行くぞ」

望月の対面にいた刑事が手の平を向けてくる。碓井と同じくらいの年代の刑事は、髪の毛が半分ほど白くなっていた。

「待ってください。まだお話が」

「話は終わりだ。おれたちは忙しい」

早くしろ、と望月の肩を小突いて立ち上がらせる。

「ダメです。事情聴取はまだ終わっていません」

「なんべんも話してるだろう。だよな」

望月を見ると、頷きが返ってきた。

「どうして血縁でもないのに、亡くなった女性からスマートフォンを与えられていたのですか」

刑事は重ねて訊いた。

「それはもう説明しただろうが。おれたちは明石陽一郎の無実を証明するために活動していた。明石の事件は冤罪《えんざい》……それについては、あんたらの立場もあるだろうから、この場で是非を問うつもりはない」

「自殺した明石仁美さんは、あの明石陽一郎の妻だったのか」

うんざりした。天を仰ぎたくなる。

「何度も言ってるじゃないか。仁美は明石陽一郎と獄中結婚している。婚姻関係だ。おれたちは無実を信じる仁美に協力していた。だからなんやかんや、仁美から金銭的な支援を受けていた。スマホも車も、クレカも彼女の名義だ」

「明石仁美さんはなぜ、わざわざ米子まで来て首を吊った」

「そんなのは知らない」

「明石仁美さんには地縁がない。ここの出身でもないし、親戚が住んでいるわけでもなさそうだ。身分証の住所も本籍も東京になっている」

「あの女の出身地なんか知らなかったが、そう書いてるならそうなんじゃないか」

「なのに東京から離れたこの地で、アパートの空室に潜り込んで自殺した。不可解なのは、どうしてここにあなたたちもいるのか……ってことです」

「それはたまたまだ」

「たまたま？」

少しバカにしたような、笑いを含んだ口調が鼻につく。

「たまたま同じタイミングで、同じ場所に旅行していたとおっしゃるんですか。なんの示し合わせもなしで」

「そうだよ。本当にたまたまなんだ」

「碓井さんの言う通りっす」

「おまえは黙ってろ」

刑事が望月に悪態をつく。

「なんだ、あんた。事情聴取に協力している市民にたいして、おまえ呼ばわりか」

碓井は言った。

無意識に本音が漏れてしまったのだろうが、漏れてしまったものはしかたがないと開き直ることに決めたようだ。刑事が胸を突き出してくる。

「おまえだからおまえって言ってんだ。いい加減に本当のことをしゃべれ」

「本当のことをしゃべってるって言ってんだろ。信じる信じないはそっちの勝手だ。てめえが信じられないからって、なんでこっちが説明義務を負わされんだ」

「おまえらが彼女を死なせたんじゃないのか。あるいは、彼女の遺体からスマホを奪ったか」

「ついに本音が出たな」

「ああ。本音だよ」

「警察はそういうことするわけだ。物証もないのに疑いを向けて、恫喝《どうかつ》して自供を引き出して。そりゃ冤罪もなくならないわけだ」

隣で望月が大きく頷いている。

「物証はないが、どう考えてもおかしい」

「そういう心証だけで疑うわけだ」

「見るからに悪そうな顔してるもんな、おまえら」

意地悪そうに目を細める刑事の目の前に、碓井はスマートフォンを向けた。スマートフォンの液晶画面には、録音中を示す音声波形が表示されている。

「きさまっ……！」

刑事が血相を変えた。

「おれもいちおうジャーナリストの端くれだからさ。記事を載っけてくれるメディアなら、いくつか心当たりがある」

「消せ」

「消すわけない。大事なニュースソースだ」

「寄越《よこ》せ」

スマートフォンを奪おうと手をのばしてきたので、身をよじって避けた。何度か左右に身体をひねり、腕をつかまれたので望月にスマートフォンを投げる。

両手でキャッチした望月が、挑発するようにスマートフォンを見せつける。

「クソガキ！　さっさと寄越せ！」

「欲しけりゃ取ってみな！」

飛びかかってくる刑事をひょいとかわし、スマートフォンをこちらに投げ返した。

スマートフォンを投げ合う碓井と望月の間で、刑事が右往左往する。

「おまえら！　いい加減にしないと公務執行妨害で逮捕するぞ！」

スマートフォンでなく、碓井自身を標的に定めた刑事が、胸ぐらをつかんでくる。

そのときだった。

若い刑事が、応接スペースに入ってきた。市民の胸ぐらをつかむ先輩刑事の姿に、ぎょっとして目を背ける。

「なんだ」

気恥ずかしさを誤魔化そうとするような、乱暴な物言いだった。碓井の胸もとから手が離れる。

「ちょっといいですか」

ここでは話しにくいと言いたいようだ。

ベテラン刑事が応接スペースを出て行く。

すると望月が爪先《つまさき》立ちで足音を殺し、刑事たちを追いかけた。パーティション越しに耳をそばだて、刑事たちの会話を盗み聞きしようとしている。

ふいに、望月が目を大きく見開いた。

「どうした」

碓井は望月に歩み寄った。

しっ、と唇の前で人差し指を立て、望月が会話に聞き耳を立てる。刑事たちはパーティションのすぐそばで会話しているようだ。だが小声で話しているらしく、もごもごとした音の連なりしか聞こえない。

「やつら、なんて言ってる」

望月の肩を揺すって催促した。

「細かいところまでは聞き取れませんでしたけど、簑島って言ってるのは聞き取れました」

「なんだと？」

そのとき、刑事が戻ってきた。

「今日のところはもういい。聞きたいことが出来たら、あらためて連絡――」

「簑島が見つかったのか」

詰め寄る碓井の勢いに圧倒されたように、刑事はばたばたと後ずさった。

7

「あーあ。神保のやつ、下手打ったな。こんなにボロボロになっちゃって、骨も何か所かやっちゃってるみたいだし。これ、職場でどう言い訳するんですか。暴漢に襲われたことにしますか」

スタンガンを押し当ててきた男は、いま、神保のもとにしゃがみ込んでいる。聞き覚えのある声だ。簑島は懸命に記憶をたぐり寄せた。

やがて男が戻ってくる。

今度ははっきり顔が見えた。

男は簑島を覗き込みながら、垂れ目の人なつこい笑みを浮かべる。

「簑島、お疲れさん」

「た、谷垣《たにがき》……さん？」

ようやく絞り出した声は、かすれていた。

谷垣義巳《よしみ》。簑島と同じ捜査一課員で、四つ上の先輩だ。班が違うのでそれほどかかわりはないが、毎日のように顔を合わせている。

「なんで……あなたが」

わけがわからない。リストに名前もなかったし、疑わしいと思ったことすらない相手だった。

「なんで？」

谷垣はさも不思議そうに首をかしげた。

「休みが取れたんだ。神保は一人で大丈夫って言ってたけど、こいつ、ちょっと抜けたところがあるからな。くっついてきてよかったよ」

衝撃のあまり、視界が狭くなる。

「ストラングラーは……」

「そう」谷垣が簑島の発言を先回りした。「一人じゃない。おれと神保と平井と、あとおまえの知らない所轄の二人。五人組だ。アイドルグループみたいだろ」

あははは、と屈託なく笑う。

「平井も……？」

「そう。そろそろストラングラーの活動も休止しないとやばいと思っていたんだ。おまえを明石みたいにすることも考えたんだが、平井のやつは少し気が弱くてな。おまえらの動きにやたら怯《おび》えるようになっていた。放《ほう》っておいたらそのうちボロを出すかもしれないと思ったから、平井に罪を着せることにした」

「明石は……無実？」

「そうだ。無実だ。おまえらが正しかった。さっさと死刑執行してくれればよかったのに、まだ生きてるんだもんな。あいつが死んでれば、おまえだって殺される必要はなかったかもしれないのに」

上体を起こそうとしたら、肩を踏みつけられた。

「動くな。もう一発、お見舞いするぞ」

谷垣がスタンガンを掲げる。

「何か月か前に、矢吹がおまえのことについて訊いてきたときには驚いたぜ。まさかおまえがまだ十四年前の事件にこだわってるとは思わなかったからさ」

「矢吹……」

「小三の女の子が変態男に連れ去られた事件。あの捜査本部で組んだんだろ？　あの後、おれに連絡してきて飲んだんだ。その席で訊いてきたよ、簑島さんってどんな人ですかって」

最初に加奈子とペアを組んだ事件か。

谷垣が肩を揺する。

「あいつに悪気はないんだ。怒らないでやってくれ。むしろ相棒に内緒でこそこそ動き回っていたおまえが悪い」

「あんたが、ストラングラーのリーダーなのか」

谷垣が北馬込署から捜査一課にやってきたのは、二年前。ストラングラーの最初の犯行が、およそ一年前。長らく活動休止状態だったストラングラーが十四年の時を経て活動を再開したのは、谷垣の異動がきっかけだったのだろうか。

「リーダーはいない。おれたちは趣味を同じくする同志だ。久しぶりに共通の趣味を持つ仲間が集まったので、当時の熱を思い出した、という感じだな」

なにが同志だ。平井に罪をかぶせて殺したくせに。

思ったが、口を開くのも億劫《おっくう》だ。

「釣りやゴルフと同じだ。当日動けるメンバーで犯行に臨む。都合で参加できない人間は悪いが、メンバーを固定しないことで各メンバーのアリバイが出来上がる。すべての犯行に参加したメンバーはいないから、一連の事件を連続殺人と捉《とら》えると、犯人には永遠にたどり着けないって寸法さ」

「真生子は……?」

どうしても確認したかった。

「真生子のとき、あんたは参加していたのか」

谷垣が満面に笑みを浮かべる。

「おまえの恋人か。おれも参加していた。よく覚えてる。あのときは神保が先にチェックインして彼女を迎え、彼女が一人でシャワーを浴びている隙《すき》に、おれと平井が入室したんだ。あのときの驚いた顔と言ったら……そりゃそうだよな、シャワーを浴びて出てきたら、男が三人も待っているんだから。しかも自分は素っ裸で、悲鳴を上げても誰にも届かない。絶望的なシチュエーションじゃないか」

かっと血が沸騰する感覚があった。

動くにはまだ早い。爆発しそうな自分を懸命に抑えながら、谷垣の話に耳をかたむける。

「あの女のことをよく覚えてるのは、女の反応が意外だったからだ。ほかの女なら泣き出したり、逃げようとしたり、必死で抵抗してきたりするのに、あの女だけは違った。どんな反応だったと思う？」

質問したが、答えを待つ気はなかったらしい。数秒で正解を告げる。

「やっと死ねる……そう言ったんだぜ。笑えるだろ」

ぎゅっと視界が狭くなった。

「う、嘘《うそ》つけ」

強く否定できないのは、受け入れてしまう自分がいたからだった。以前ならぜったいに信じなかった。真生子はそんなことを言う女じゃないと否定できた。風俗嬢をしていたのだって、なにかしかたのない事情があるに違いないと考えた。太陽のように笑う、裏表のない恋人が、自ら進んでそんな業界に身を投じるわけがないと。

だが明石に出会ってから、簑島は知ってしまった。両親の愛をふんだんに注がれてなに不自由なく成長してきたように見えていた彼女が、実は愛に飢えていたことを。

内心を見透かしたかのような笑みが返ってくる。

「嘘なものか。あんな女、後にも先にもお目にかかったことがない。ずっと死にたがっていたけどきっかけが見つからなかったから、おれたちに出会えて嬉《うれ》しい。そう言って自らベッドに横になったんだ」

違う。簑島はひたすら顔を横に振った。

「まったく抵抗しなくて、最初はちょっと拍子抜けしたぜ。ロープで首を絞めても、もちろん苦しそうな顔はするんだけど、それだけなんだ。気を失うたびに交代して馬乗りになってさ、なんていうか……ダッチワイフとでもやってるみたいな感覚になってきて……結局あれでちょっと冷めてしまったっていうか、そろそろ潮時かなって空気になったのが、いったん犯行を止《や》めるきっかけになった」

聞きたくない。顔を横に振り続ける。両目からあふれ出した涙が視界に幕を張ってくれるが、耳を塞《ふさ》ぐものはなにもない。

「言うな」

もうそれ以上、言わないでくれ。

懇願もむなしく、谷垣の話は続く。

「なあ、簑島。おまえ、あの女になにをした。どうすればあんなにいかれた女が出来上がる。よくあんな女と付き合ってたな」

「頼む……」

「あんなに生への執着がない女は初めてだ。首絞めても顔真っ赤にしながら泡噴くだけで、ぼうっと天井見てるんだ。退屈っていうか、不気味だったな。マグロだよ、マグロ」

「お願いだ。もう……」

「どうだったんだ、簑島。教えてくれよ」

谷垣が顔を近づけてくる。「あの女、セックスのときもマグロだったのか」

頭の中でぷちん、と音がした。

身体が無意識に動く。簑島は右手で谷垣の首をつかんでいた。指先を皮膚に食い込ませながら、喉仏《のどぼとけ》を押し潰《つぶ》す勢いで力をこめる。

顔をうっ血させながら、谷垣が右手に持ったスタンガンを振り下ろしてくる。

とっさに身体を回転させ、谷垣を投げ飛ばした。その勢いのまま、簑島は立ち上がる。

地面を転がった谷垣はすぐに体勢を立て直し、スタンガンを突きつけてきた。

簑島は横に避けながら相手の懐に飛び込み、谷垣の右腕を両手で抱え込む。谷垣の左腕が首に巻きついてきたが、両手で抱えた腕を放さない。バチバチ、バチバチと、ときおりスタンガンが火花を放つ。

やがて谷垣の右腕を、関節とは逆方向にひねり上げた。悲鳴とともにスタンガンが地面に落ちる。簑島はスタンガンを遠くに蹴り飛ばし、体重を預けて谷垣を押し倒す。柔道の内股《うちまた》の要領だ。

谷垣が素早く身体を回転させて四つん這《ば》いになり、逃れようとする。だが簑島は後ろから飛びつき、谷垣の頭越しにシャツの襟《えり》をつかんだ。そのまま腕を自分のほうに引き寄せる。懸命に抵抗する谷垣の爪《つめ》が、腕をひっかいてくる。それでは無駄だと悟ったのか、今度は背後に手を伸ばして髪の毛をつかもうとしてきた。そのとき指先が目に入ったが、簑島はけっして力を緩めなかった。

やがて、谷垣が脱力する。失神したようだ。それでも簑島は腕の力を緩めない。谷垣の首を絞め続ける。

――いいぞ。そのままやっちまえ。

伊武の声が聞こえる。

――こいつのいまの話、聞いたよな。こいつらはよってたかって真生子に馬乗りになり、首を絞めた。意識を失ったら目を覚まさせ、心臓が止まったら蘇生《そせい》措置を繰り返して、限界まで真生子を苦しめ続けた。

わかってる。許せない。

――そうだ。ぜったいに許すな。そして許せないやつには、おまえ自身で鉄槌《てっつい》を下せ。国も法律もあてにならない。おまえが許せない相手は、おまえ自身で罰するしかない。

殺してやる。

――生物として正しい感情だ。おまえは間違っていない。

殺す。

――そうだ。殺せ。

そのときふいに頭をよぎった。

――やっと死ねる。

真生子が発したという言葉が、真生子の声で再生された。彼女は死にたがっていた。死に場所を求めていた。実の父から強姦《ごうかん》され続け、簑島と出会ったころには、とっくに壊れていた。風俗嬢になったのも、自分を傷つけたかったからかもしれない。

死にたがっているからといって、殺していいわけではない。だがストラングラーに出会った真生子が抱いたのは、恐怖ではなく安堵《あんど》に似た感情だったかもしれない。限りなく自殺に近い殺人。ストラングラーのほかの被害者と決定的に違うのは、真生子が死を望んでいた点だ。

やはりおれが殺したんじゃないか。

真生子の心の闇《やみ》にまったく気づくこともなく、彼女の死後も、ずっと犯人だけを恨み続けてきた。しかし彼女が本当に恨んでいたのは、簑島かもしれない。いちばん近くにいながら、彼女の苦しみに目を向けることすらしなかった、世間知らずで鈍感な恋人。愛する女を不幸にしたのはストラングラーだけだったと信じる、おめでたい男。

――おい、なにやってんだ。どうして力を緩める。まだこいつ、生きてるぞ。

「殺さない」

――なんでだよ。いまさら人間ぶるのかよ。

「おれは人間だ」

——人間じゃない。怪物だ。

「みんな怪物で、みんな人間なんだ」

誰だって心に闇を抱えている。誰もが自分の内側に怪物を飼っている。

——おまえは違う。特別なんだ。

「いいや。おれは特別じゃない。おれだけが苦しみを抱えているわけじゃない。みんな苦しい」

——綺麗事《きれいごと》を言うな。おいっ。

簑島は谷垣から手を離し、立ち上がった。

——簑島っ！　やるんだ！　おれの言うことが聞けないのか！

肩で息をしながら瞑目《めいもく》し、呼吸を整える。

そのとき、右側からなにかがぶつかってきた。

神保だった。低い姿勢で懐に飛び込んできたようだ。腫《は》れ上がって別人のようになった血まみれの顔が、簑島を見上げる。

遅れて痛みが襲ってきた。右脇腹《わきばら》が燃えているかのようだ。神保が両手で握った棒状の物体を引き抜くと、簑島の脇腹から血染めの刃《やいば》が現れた。刺された。神保は刃物を隠し持っていたようだ。

逃げようとするが、足がもつれて動けない。すぐに追いつかれ二撃目を食らった。立っていられなくなり、その場に崩れ落ちる。

神保がのしかかってくる。

「やってくれたな、おい。どうしてくれんだ、この顔」

たぶん、胸を刺された。

すぐに次の衝撃が襲ってくる。

三度目まではわかったが、その後は刺されているかもわからなくなった。ぼやけた視界に、右腕に握った刃物を振るう神保の姿がうごめいているだけだ。

終わった、と思った。ここから反撃する力は残っていない。あとはなすがままだ。

明石の顔が脳裏をかすめた。

――十四年前の事件は冤罪だ。おれはやっていない。あんたに、おれの無実を証明する手助けをしてほしい。

当時は怒りで視界が狭くなった。自分が殺した女の恋人だった男に、しかも現役の刑事にそんな申し出をするなんて、どこまで厚顔だと憤った。

だが調べていくうちに冤罪の可能性が見えてきて、明石陽一郎という男に魅力を感じるようにもなった。絆《きずな》めいたものすら生まれたというのは、簑島の思い過ごしだろうか。

明石が連続殺人とは別件で人を死なせていたのが明らかになったときには、この男は救うに値する人間なのかという迷いもあったが、結果的に自分も人を殺してしまった。明石を非難する資格などない。

人は犯した罪においてのみ裁かれるべきだ。少なくともストラングラーの連続殺人については、明石は無実。傷害致死についても、すでに本来受けるべき刑罰を超える長期間、自由を奪われている。

明石は自由になるべきだ。

あと一歩のところまで迫った。

だが、ここまで。

視界が白み、意識を失いかけた、そのときだった。

「そこまでだ！」

男の声が聞こえる。

「武器を捨てろ！」

別の方向からも声がした。

足音が四方から忍び寄ってくる感覚。かなりの人数に取り囲まれているようだ。

「簑島さん！」

「簑島の旦那《だんな》！」

碓井と望月もいるのか。

「なんで……」

なぜこの場所がわかったのかと、神保は混乱している様子だ。

簑島は力を振り絞り、口角を持ち上げる。

「おまえ、なにをした？」

神保に胸ぐらをつかまれた。

「動くな！」

右手をスラックスに動かそうとしたが、力が入らない。唇だけを動かした。

「ス、スマホ……」

伝わったらしい。神保の顔色が変わる。

神保が現れたとき、簑島はそれまでオフにしていたスマートフォンの電源を入れた。葛城と平井の二人を殺害した容疑で簑島を全国指名手配している警視庁は、ＧＰＳの信号が発信されたことを即座につかみ、現地の警察に協力を要請しただろう。

「この野郎っ」

刃物を振り上げた神保に、数人が飛びかかるのが、ぼんやりと見えた。

二つの人影が覗き込んでくる。

「簑島の旦那っ！　大丈夫ですか」

「待て！　あまり動かすな！」

望月と碓井のようだ。

「マジかよ。なんでこんなことに……」

「バカ野郎。おまえが泣いてどうする」

「だって、簑島の旦那に死んで欲しくない」

「死なねえよ。簑島さんは死なない。簑島さん、しっかりしろ。すぐに救急車が来る」

「碓井さん！　触っちゃダメですよ！」

「邪魔するな！　止血してるんだ！」

「おれには動かすなって言ったくせに」

「止血と動かすのは違うんだよ！　おまえも服脱いで血を止めろ！」

相変わらずだな。

二人のやりとりが遠くなっていき、やがて聞こえなくなった。

8

朝が来た。

明石は布団から立ち上がり、明かり取りの小さな窓から差し込む陽光を顔に浴びる。季節によるが、この狭い単独室に光が差し込む時間は長くない。朝の数時間だけだ。少しでも外の気配に触れたい思いから、いつの間にか習慣化した行動だった。

生きている。

おれはまだ、生きている。

陽《ひ》の光を頬に感じながら、静かに目を閉じる。本当に、全身でこの光を浴びることができる日は来るのだろうか。

ストラングラーは逮捕された。本庁捜査一課の谷垣、神保、平井を中心に、二人の所轄署員を加えたグループで犯行に及んでいたらしい。

警察の取り調べにたいし、五人がストラングラー事件だけでなく、十四年前の連続殺人についても犯行を自供し始めているという情報は、面会に訪れた望月だけでなく、刑務官からも聞かされていた。仁美の死についても、谷垣が殺人をほのめかす供述をしているらしい。

真犯人が別にいるとなれば、再審請求を棄却する理由はない。

今回は間違いなく再審開始が決定されます。この状況では検察による即時抗告もないだろうから、数か月もすれば逆転無罪が確定します。弁護人から力強く宣言されたものの、まったく喜びはなかった。失った時間が長すぎて、期待を裏切られた回数が多すぎて、実感が湧《わ》かなかったのだ。

本当に再審開始が決定されるのだろうか。本当に無実が証明されるのだろうか。

そしてかりに無実が証明されて釈放されたところで、社会に上手く馴染《なじ》むことができるのだろうか。

このところ、明石はなんとなく地に足の着かないような毎日を送っている。唯一の趣味である読書をしても、活字の上を目が滑って内容がまったく頭に入ってこない。これまでの読書は、いつ執行されるともしれない死刑に怯える現実からの逃避であったし、自らの無実を証明するための情報収集だった。

顔にかかる日差しが和らいでくる。束《つか》の間《ま》の日光浴は終わりだ。布団を畳んでスペースを作り、腕立て伏せを始めた。身体を動かしていないとなにかを考えてしまうので、このところ日課になっている。最初は百回だったが、すぐに慣れてしまったので、いまでは回数を定めずに身体を疲労させ、思考の余地をなくすのが目的になっていた。

肩幅よりも広く手幅を取り、しっかり沈み込んで胸に効かせる。雑念を追い払い、ひたすら同じ動作を繰り返した。次第に全身が汗ばんでくる。百五十回を超えたあたりから、顎から落ちた汗が畳に水たまりを作り始める。

「おはよう」

堀川《ほりかわ》の声がしたのは、腕立て伏せが二百回を超えたタイミングだった。明石より一つ年下の刑務官で、ストラングラーが十四年前の犯行を自供したようだと教えてくれたのも、この男だった。

明石は腕立て伏せを中断し、畳に両膝《りょうひざ》をついた。これまで、堀川が腕立て伏せを邪魔してきたことはなかった。なにか用があるのだろう。

格子越しにこちらを見る紺色の官服の男の頬が、こころなしか上気している。

明石は両膝をついたまま目を細め、話を促した。

「おめでとう。再審請求が通ったそうだ」

しばらく反応ができなかった。

「本当か」

ようやく出てきたのが、その言葉だ。

「本当だ」

頷く堀川の目は、かすかに潤んでいる。

明石は太腿《ふともも》の上で、こぶしをぎゅっと握りしめる。

「まだこれからだ」

安心する段階ではない。

限りなく無罪に近づいたとはいえ、無罪判決が出たわけではない。気を緩めるわけにはいかない。これまで何度も希望を潰《つぶ》されてきた。期待などするだけ無駄だと思い知らされてきた。

だからまだ喜ぶな。なにが起こるかわからないのだから、期待するな。

それなのに——。

ぽとり、とこぶしに水滴が落ちる。

最初は汗だと思った。だが違った。汗は引き始めている。それなのにこぶしの上には、水がしたたり続けた。

涙だった。明石は泣いていた。

「なんだこれは……」

自分がなぜ泣いているのか、理解できなかった。まだ終わっていない。本当の戦いはこれからだ。安心するな。信じるな。懸命に自分に言い聞かせているのに、涙があふれて止まらない。むしろ勢いを増してくる。

ずっと抑えつけてきた感情が、人間らしさが、よみがえった瞬間だった。

「なんだよ、これ。わけわかんねえ。わけわかんねえよ」

明石は畳に顔を埋《うず》め、声を上げて泣いた。

エピローグ

簑島が面会室に入ると、アクリル板の向こうに見慣れた顔があった。さっぱりした短髪に白いシャツ。彫りの深い顔立ちは、以前より血色がよくなったようだ。

椅子《いす》を引きながら小さく笑う簑島に、明石は不審げに眉をひそめた。

「なにがおかしい」

「塀の外にいても中にいても、同じだと思って」

「そうか」

明石が自分の服を見てから、顔を上げた。

「おれは死刑囚だったからな。おまえみたいにダサい服を着る必要なかった」

「ダサいか。なかなか気に入ってるんだが。それに、毎日の服を考える必要がない」

簑島は両手を広げ、灰色の舎房衣《しゃぼうい》を見せつける。

「その頭も似合っている」

明石に顎《あご》をしゃくられ、簑島は自分の坊主頭を撫《な》でた。

米子で神保に刺された簑島は、救急搬送された。三日ほど生死の境を彷徨《さまよ》ったが奇跡的に一命を取り留め、退院のタイミングで逮捕されたのだった。

葛城陸にたいする殺人罪で起訴され、懲役十二年の判決が下った。簑島は裁判でいっさい情状酌量を訴えなかったため、検察の求刑がそのまま支持されるかたちとなった。その後も上告せずにすんなり判決が確定し、いまは岡山《おかやま》刑務所に収監されている。

「娑婆《しゃば》はどうだ」

簑島の質問に、明石は複雑そうな笑みを浮かべた。

「正直なところ、まだ戸惑っている」

「せっかくの自由なのに？」

「拘置所暮らしが長すぎて、自由を持て余しているんだ」

「あれほど欲しがっていたのに、か」

「本当に手に入るとは思っていなかったんだろうな。冤罪《えんざい》を成立させるのが生きがいになっていて、成立した後のことまで想像できていなかったようだ」

「おまえとしたことが」

ふっ、と明石が笑みを漏らす。

「買いかぶるな。以前のおれは、自分を実際以上に大きく見せようと虚勢を張っていた。そうしないと壊れてしまいそうなほど、弱い人間だった」

わかっている。明石はどこまでも人間くさい男だった。

「生活はどうだ。仕事は始めたのか」

「まるで母親だな」

かつての皮肉っぽい笑みの片鱗《へんりん》が垣間見《かいまみ》えた。

「望月の会社で雇ってもらうことになった」

「望月の？」

訊《き》き返す声がうねった。「あの男、会社を経営していたのか」

そもそも望月が普段なにをしていたのか知らない。

「新しく会社を作ったんだ。もともと配管工の一人親方をやっていたんだが、法人化しておれを雇ってくれるらしい。いまはあいつが社長でおれが部下だ。毎日現場でこき使われている」

「想像できないな」

「仕事の指示をするときには、敬語を使うなって言ってるんだがな。現場のほかの人間からおかしな目で見られる」

「それは容易に想像できる」

二人で笑い合った。

「碓井さんとは、最近会っているのか」

「週に一度は会っている。おれに取材して本を書きたいと」

「それは楽しみだ」

冤罪を訴える死刑囚の主張を信じ、無実の証明に協力するのは、碓井にとってギャンブルだったろう。結果、見事に万馬券を引き当てたかたちになった。

「矢吹さんは？」

ああ、という感じで、明石が虚空を見上げた。

「最近は会っていないが、ときどきＬＩＮＥのやりとりはある」

「ＬＩＮＥだと？　おまえが？」

笑ってしまった。

「そう思うよな。おれも信じられない。十四年のブランクがあると、まるで浦島太郎《うらしまたろう》だ」

最新の電子機器に苦戦する明石の様子を想像するだけでおかしいし、見てみたい。

「おまえもいずれ同じ経験をするさ」

「だろうな」

ふいに沈黙がおりた。

笑顔を収めた明石が、気遣わしげな口調になる。

「最近、どうだ」

ただ体調を訊《たず》ねているのではないと、すぐにわかった。

伊武のことだ。

「大丈夫だ。たぶん、今後も」

ストラングラーとの直接対決以来、伊武が現れることはなくなった。真相が明らかになったことで呪縛《じゅばく》が解けたのだと、簑島は解釈している。

明石が思い出し笑いをする。

「それにしても強情なやつだ。幻覚の話をすれば、情状酌量どころか、無罪になった可能性すらあったのに」

弁護人からも勧められたが、かたくなに拒絶した。伊武の幻覚も自分自身が作り出したものには違いなく、伊武が消えたいま、それを理由に罪の減免を訴える気にはなれなかった。すべてが自分の罪で、すべてが自分の責任だ。むしろ罪を減じられることで、自分を責めてしまう気がした。

「そうだ。本を差し入れておいた。好みがわからなかったから適当に選んだが、いまはどんなつまらない小説でも楽しめるだろうから、かまわないよな」

「ああ。娯楽に飢えている。ありがとう」

不自然な沈黙を挟んで、明石が言う。

「こちらこそだよ」

簑島は眉《まゆ》をひそめた。

「ありがとうは、こっちの台詞《せりふ》だ。おまえのおかげで娑婆に出られた。二度と見られないと思っていた空を見られた。それと引き換えに、おまえは――」

声をかぶせた。

「それ以上言うな。すべてはおれの選択だ。それに、久々に外の人間と会話するのに湿っぽい話なんかされたら、鬱々《うつうつ》としてしまう」

「そうだな」

明石は力なく笑い、椅子を引いた。

「そろそろ帰る」

「ああ」

「そういえば」と、明石が動きを止める。

「仁美の墓を建てた」

「そうか」応《こた》えるまでに少し時間がかかった。明石がそこまでするのが意外だった。

「いろいろあったが、寂しい女なんだ」

その点だけは疑いがない。殺して欲しいと懇願してきた女は、愛を知りたいと願い、その願いが叶《かな》わない自分に絶望した。いまなら、なぜ自分が仁美に惹《ひ》かれたのかがわかる。仁美と真生子は似ていた。容姿は似ても似つかないが、二人とも大きな欠落を抱え、苦しんでいた。愛を知らず、愛を求めているのに手に入れることが出来ずに、自分を粗末にしていた。

「あんな女だが、おれの妻だしな」

明石の微笑に、簑島も口角を持ち上げる。

「出所したら、墓参りに行ってやってくれ」

「ずいぶん先の話だな」

「ずいぶん先だが、必ず来る未来だ」

簑島は息を吞《の》んだ。「未来」という単語を明石が力強く発したのに、気圧《けお》されたのだった。

「どうした」

明石が怪訝《けげん》そうに目を細める。

「いや。こんな自分に、未来を望む資格があるのかと思ってな」

「ない」と即答された。

「資格なんてない。人はただ生まれて死ぬ。生きている限り、未来は必ず来る。金持ちにも貧乏人にも、善人にも悪人にも、死なない限りは来てしまう。望んで手に入れるものではなく、来てしまうんだ。おれたちはそれを受け入れるしかない。ただ生きる。それだけだ」

「……そうかもしれないな」

自嘲《じちょう》の息を吐く簑島の目の前に、明石が手をかざした。

アクリル板にぺたりと手の平をつける。

「待ってるぞ」

簑島は軽く口角を持ち上げ、アクリル板越しのハイタッチに応じた。


〈完〉

本書はハルキ文庫の書き下ろしです。
本作品はフィクションであり、登場する人物、団体名など
架空のものであり、現実のものとは関係ありません。

Haruki Bunko
ハルキ文庫

さ 26-4

ストラングラー 死刑囚《しけいしゅう》の逆転《ぎゃくてん》

著者 佐藤青南《さとうせいなん》

2023年5月18日第一刷発行

発行者 角川春樹

発行所 株式会社角川春樹事務所
〒102-0074 東京都千代田区九段南2-1-30 イタリア文化会館

電話 03(3263)5247(編集)
03(3263)5881(営業)

印刷・製本 中央精版印刷株式会社

フォーマット・デザイン 芦澤泰偉
表紙イラストレーション 門坂 流

ISBN978-4-7584-4563-4 C0193 ©2023 Sato Seinan Printed in Japan
http://www.kadokawaharuki.co.jp/[営業]
fanmail@kadokawaharuki.co.jp[編集] ご意見・ご感想をお寄せください。